천재 셰프 회귀하다 3

2024년 2월 8일 초판 1쇄 인쇄
2024년 2월 15일 초판 1쇄 발행

지은이 신사
발행인 김관영

기획 이기헌 왕소현 임동관 박경무 강민구 조익현
책임편집 천기덕
마케팅지원 이원선

발행처 (주)로크미디어
출판등록 2003년 3월 24일
주소 서울시 마포구 마포대로 45 일진빌딩 6층
Tel (02)3273-5135 **Fax** (02)3273-5134
홈페이지 rokmedia.com **E-mail** rokmedia@empas.com

© 신사, 2024

값 9,000원

ISBN 979-11-408-2147-1 (3권)
ISBN 979-11-408-2144-0 04810 (세트)

Contents

나만의 코스, 나의 팀   7

블라인드 미션   41

시작과 끝   53

청춘 셰프   77

푸드트럭, 개시   121

화제의 청춘 셰프   153

미래를 위하여   185

새로운 시작   219

아틀리에   255

나만의 코스, 나의 팀

분명 도와줄 이들을 소개해 주겠다며 끌려간 스튜디오에서 만나게 된 뜻밖의 인물들은…….

"다들 잘 쉬었나요?"

"좋은 아침입니다."

다름 아닌 심사 위원들이었다.

과연 어떤 이들이 기다리고 있을지 마음 한가득 기대를 품고 있던 정다은과 백인호는 실망한 표정을 감추지 못했다.

긴장 반, 설렘 반으로 스튜디오에 들어선 도진 또한 마찬가지였다.

묘한 정적이 이어지는 가운데 도진이 입을 열었다.

"어…… 오늘 저희를 도와줄 스태프분들을 소개해 주시는 거 아니었나요?"

"맞습니다. 오늘 여러분들을 도와줄 스태프분들은 이미 와서 기다리고 있습니다."

도진의 물음에 답해 준 최석현은 마지막 미션에 대한 설명을 이어 갔다.

"마지막 미션이 코스를 전개하는 일이니만큼, 혼자 모든 것을 부담하기는 어렵다는 판단을 했습니다."

"그렇기에 여러분을 도와줄 스태프를 모집했고, 그 스태프들과 총 3일간의 시간 동안 충분한 연습을 통해 총 두 시간 반 내에 코스를 완벽하게 마무리해 내는 것이 이번 미션입니다."

"심사는 저희가 직접 할 겁니다. 그리고……."

말을 이어 가던 최석현이 이내 세 사람의 앞 테이블에 서류 봉투를 올려놓았다.

각자의 이름이 적혀 있는 봉투.

그 안에 든 것은.

"여러분들이 서면으로 제출한 코스에 대한 내용을 미리 본 스태프들이, 함께 일해 보고 싶은 코스를 골라 이력서를 지원했습니다."

"그럼 이게……."

"맞습니다. 방금 나눠 드린 서류 봉투 안에 여러분께 지원한 스태프 이력서가 들어 있습니다."

세 사람은 두근거리는 마음을 가득 안고 자신의 눈앞에 놓인 봉투를 내려다보았다.

'이걸 열어 보면 같이 일하게 될 사람들이 누군지 알 수 있다는 거지?'

도진은 곧장 자신의 이름이 적혀 있는 봉투들 집어 들었다.

과연 어떤 이들이 스태프로 지원해 주었을지 걱정과 기대가 섞인 마음으로 열어 본 봉투 안.

총 넉 장의 이력서.

그리고 익숙한 얼굴들.

"이건……?"

"이거 진짜예요?"

봉투 안을 확인한 뒤 백인호과 정다은은 깜짝 놀란 듯 얼빠진 표정을 지었다.

도진 또한 별반 다르지 않았다.

순간적으로 '어?' 하며 감탄사를 내뱉은 도진이 고개를 들어 심사 위원들을 바라보았다.

이미 참가자들이 놀랄 것을 예상했던 그들의 얼굴에는 웃음기가 가득 들어차 있었다.

"네, 다들 어디서 본 얼굴들이죠? 감사하게도 여러분들의 미션을 돕기 위해 친히 나서 주셨답니다."

마지막 미션을 돕기 위해 지원해 준 스태프들.

그들은 다름 아닌 지금까지 함께 동고동락했던 참가자들이었다.

도진은 꽤 본격적으로 작성되어 있는 이력서에 감탄했다.

'다들 대단한걸.'

지금까지의 학업과 경험, 수상 경력과 직장까지.

다양한 내용이 적혀 있는 이력서는 마치 정말로 함께 일할 직원을 뽑는 듯한 기분이 들게 했다.

"지원해 준 스태프들은 헤드 셰프가 누가 되는지 모른 채 오로지 여러분이 짠 코스만을 보고 함께하고자 하는 코스에 이력서를 넣었습니다."

"모두가 함께하진 못했지만, 아홉 명의 지원자가 여러분들을 위해 귀한 시간을 내줬습니다. 각각 세 명의 스태프들과 함께 이번 미션을 준비해 주시면 됩니다."

노연우의 말이 끝나고, 도진은 무언가 이상한 점을 깨달았다.

"세 명의 스태프들요? 하지만 이력서는……."

"어, 저는 두 장뿐인데요?"

그리고 도진의 의문에 호응한 사람은 예상치 못한 곳에서 나타났다.

도진은 그 목소리의 주인공, 정다은이 쥐고 있는 두 장의 이력서와 자신이 들고 있는 네 장의 이력서를 번갈아 보았다.

"아무래도 이력서라고 표현한 이유가 있겠죠?"

천재셰프
회귀하다

"설마······."

"세 장의 이력서를 받은 인호 씨는 그대로 스태프들을 고용하면 되지만, 도진 씨의 경우는 함께할 스태프 세 명을 골라 주셔야 합니다."

"그럼 나머지 한 명은 어떻게 되는 건가요?"

"지원자가 모자랐던 다은 씨 팀으로 들어가게 됩니다. 모쪼록 행운을 빌겠습니다."

씩 웃는 최석현이 유독 야속해 보이는 도진이었다.

방송국 어느 한쪽, 드나드는 사람이 드문 곳에 준비된 세개 대기실.

'서바이벌 국민셰프' 스태프 1팀부터 3팀까지 문 앞에 붙어 있는 팻말. 같은 코스에 이력서를 지원한 이들이 한데 모여 있는 대기실이었다.

그리고 그중에서 가장 많은 이들이 지원한 스태프 1팀.

그 안에서 들려오는 말소리는 어느새 조용한 복도 밖까지 들려오는 듯했다.

－서바이벌 국민셰프 스태프 1팀

"그래서 언제 온대?"

"글쎄요. 누가 오려나. 나는 그게 제일 궁금한데."

"나도!"

정희준과 김이랑, 지정현, 김선재까지 총 네 명의 인원이 스태프로 지원한 1번 코스.

코스의 주인이 누구인지 알지 못한 채 오로지 메뉴만을 보고 스태프로 지원했기 때문에, 한데 모인 네 사람은 서로의 추측을 나누기 바빴다.

"나는 다은 누나였으면 좋겠는데."

"글쎄, 아닐 것 같은데? 다은이는 은근히 덜렁대서 이렇게 섬세하게 준비하진 못했을 거야."

지정현과 김선재가 골몰하는 사이 가만히 지켜만 보고 있던 정희준이 입을 열었다.

"그런데 사실 누가 됐든 우리 중의 하나는 같이 못 하는 거 아니야?"

세 명의 스태프를 뽑는 자리였다.

그렇기에 네 명의 지원자가 모인 스태프 1팀의 한 명은 분명 다른 팀으로 가야 하리라.

"그럼 누구랑 함께할지는 헤드 셰프가 고르는 거지?"

"아, 맞지. 근데 난 사실 도진이만 아니면 돼."

함께 팀을 해 본 전적이 있어서일까.

김선재가 질겁하면서 말했다.

그러자 어디선가, 그의 말에 의문을 표하는 목소리가 들려왔다.

"왜 도진이만 아니면 되는데요?"

"아니, 진짜 나 저번에 같이했을 때……."

김선재가 그 의문에 자연스럽게 답을 하려다 무언가 잘못되었음을 감지하고는 입술을 꾹 닫은 채.

소리가 들린 쪽으로 고개를 돌렸다.

그곳에는 언제 들어왔는지 알 수 없는 도진이 고개를 갸우뚱한 채 그의 대답을 기다리고 있었다.

"했을 때?"

순진무구해 보이는 표정을 하고 되묻는 도진의 표정에 김선재는 사색이 되었다.

그는 알고 있었다.

저 아무것도 모른다는 듯, 무해한 표정 아래.

얼마나 무서운 것이 도사리고 있는지를.

"너, 너무 좋았다고! 진짜, 완전 뜻깊은 시간이었지! 나는 그럼 이만 가 볼게! 응!"

김선재는 급히 말을 바꾸며 자리를 뜨려고 했으나…….

"형, 어디 가요."

"아니, 내가 대기실을 잘못 찾아온 것 같아서, 하하."

"형 이력서, 이거 맞죠?"

도진의 손에 목덜미를 붙잡힌 채.

무력하게 다시금 자리에 앉을 수밖에 없게 된 김선재가 지금 당장 할 수 있는 일이라고는……

자신의 앞날을 걱정하는 것뿐이었다.

도망가려던 김선재는 어느새 잠잠해져 힐끔힐끔 도진을 바라보고 있었다.

'지난번 미션 때 너무 휘어잡았었나.'

슬그머니 눈치를 보는 김선재의 모습에 실없는 생각을 한 도진은 변명 아닌 변명이라도 하고 싶었다.

주방은 불과 칼을 다루는 곳이었다.

그만큼 위험한 일이 일어나기 쉬웠기에 엄격해질 수밖에 없는 일이었다.

그리고.

아무리 지금은 미션이라고 하지만, 자신의 음식을 먹는 이들은 모두 자신의 손님과 다름없었다.

그런 이들에게 실수투성이의, 완벽하지 못한 음식을 내간다는 것은 말도 안 되는 일이었다.

그렇기에 도진은 주방에서 '천사의 얼굴을 한 악마'가 될 수밖에 없었다.

도진은 오랜만에 본 얼굴들이 반가운 마음은 잠시 거둬

둔 채.

자신의 앞에 진지한 표정을 하고 앉아 있는 네 사람을 바라보았다.

'한 명은 떨어트려야 한다니.'

처음 도진은 이 난관을 어떻게 헤쳐 나가야 하는가에 대한 고민이 앞섰다.

하지만 이력서를 찬찬히 살피다 보니 그런 생각이 들었다.

'어차피 이력서도 이렇게 본격적으로 작성해서 제출한 거, 나도 그냥 면접을 본다고 생각해도 되지 않을까?'

어차피 자신을 돕기 위해 온 이들이었다.

더 이상 프로그램에서의 탈락이란 부담감도 없을 터였다.

그렇게 생각하니 마음이 편해진 도진이 가장 먼저 한 질문은……

"자, 우선 다들 지원 동기부터 한번 들어 볼까요?"

본격적인 면접 질문이었다.

"나는 주제가 마음에 들어서 골랐어. 하나의 팔레트로 표현한다는 게, 접시 위에 그림을 그리는 것 같아서."

"Me too! And 나는 이 코스의 주인이 표현하고자 하는 색이 궁금해서 지원했다!"

"나는…….."

정희준과 김이랑을 시작으로 차례대로 진행된 면접은 순조로웠다.

그리고 면접의 끝이 보일 때쯤, 도진은 고민할 수밖에 없었다.

각각의 장단점이 너무도 다른 이들이었다.

깊어지는 고민에 도진은 마지막으로 딱 한 가지만 더 물어본 뒤.

면접을 끝내고자 했다.

"이 코스의 포인트가 되는 것이 뭐라고 생각하나요?"

네 사람의 대답이 차례대로 이어지고…….

이내 도진은 결심한 듯 고개를 끄덕이고 한 장의 이력서를 들었다.

"정현이 형, 미안해요."

"괜찮아. 어쩔 수 없지, 뭐."

다른 이들과 인사를 나눈 뒤 자리를 떠나는 지정현의 뒷모습을 보며 도진은 자신의 선택에 틀림이 없었기를 기원했다.

정희준은 본디 조리 전공이 아니었던 만큼 손이 느렸다.

하지만 섬세한 면모가 있어 다른 이들이 놓치는 것들을 쉬이 캐치해 줄 수 있을 터였다.

그에 반해.

현장에서 일했던 경력이 긴 김이랑은 손이 무척 빨라 여러 가지 일을 동시에 처리할 수 있을 터였다.

'희준이 형이 함께한다면 이랑 누나가 꼭 필요해.'

그럼 남은 이는 김선재와 지정현이었는데…….

김선재는 기본기가 탄탄했다. 그뿐이었지만, 달리 말하자면 그만큼 튼튼하게 꼼수 없이 자신의 실력을 쌓아 왔다는 말이었다.

지정현은 함께 주방에 서 본 적은 없지만, 그동안 숙소에서 함께해 온 생활로 미뤄 보았을 때, 눈치가 빨라 적재적소에 도움이 될 것 같았다.

두 사람 다 훌륭했지만, 한 명을 골라야만 하는 상황.

그 와중에 도진이 가장 중요하게 생각한 것은 바로 경험이었다.

김선재는 이미 이전에도 자신과 손발을 맞춰 본 적이 있었다.

그렇기에 분명 이번에도 잘 따라와 줄 것이라는 생각이었다.

"나는, 또 도진이랑 하는구나."

"그래서, 싫어요?"

"아니! 너무 좋아서!"

물론 김선재는 앞으로 펼쳐질 지옥 훈련에 눈이 감겨 오는 듯했으나……

어쩔 수 없는 노릇이었다.

'그러게, 누가 이 코스를 고르래?'

급하게 목소리의 톤을 높이며 대답하는 김선재의 모습에 도진은 헛웃음을 삼키며 말을 이었다.

"제 코스의 주제가 미각의 팔레트인 만큼, 코스를 그리는 전체적인 맛의 조화가 중요해요. 조금의 맛이라도 달라지면 제가 그리고자 하는 코스 또한 전혀 다른 색을 내는 그림이 되겠죠. 그렇기에 보다 완벽한 준비가 필요합니다."

최종적으로 자신과 함께하게 된 세 명의 스태프.

정희준, 김이랑, 김선재.

도진은 눈앞의 그들을 보며 환하게 웃었다.

"자, 그럼 이제, 연습할 가 볼까요?"

해맑은 도진의 웃음 아래, 앞으로 펼쳐질 지옥을 아는 사람은 단 한 명.

김선재뿐이었다.

헤드 셰프인 도진은 그간 보아 왔던 그들의 모습과 이력서를 참고해 세 사람에게 각각의 포지션을 정해 주었다.

손이 빠른 경력직인 김이랑에게는 핫 키친에서 이뤄지는 전반적인 그릴이나 프라이, 핫 에피타이저 등을 맡겼다.

김선재는 실제 주방에서의 경력이 없었기에 마음이 조급해서 실수를 하더라도 금방 만회할 수 비교적 간단한 샐러드와 드레싱 등의 콜드 파트에 배치했고……

정희준은 두말할 것 없이 그의 주 전공인 디저트였다.

본디 *파티시에(*Patissier : 달콤한 과자류의 디저트, 빵을 만드는 제과사)와 *불랑제(*Boulanger : 식사용 빵만 전문적으로 만드는 제빵사)를 겸해 왔었기에 믿고 맡길 수 있었다.

세 사람 모두가 본인의 특성과 실력을 잘 살릴 수 있는 위치에 배치했음이 분명했다.

하지만 그럼에도 불구하고 주방에서의 도진은 가차 없었다.

"이랑 누나, 고기 너무 익었잖아요. 다 태울 거예요? 이건 못 써요."

"선재 형, 드레싱 이거 확실해요? 너무 되직해서 흐르는 느낌이 없어요. 다시."

"희준이 형. 머랭 숟가락으로 떴을 때 질감이 조금 더 부드러웠으면 좋겠어요."

주어진 3일이라는 시간 동안 손발을 맞추게 된 스태프 삼인방. 세 사람이 주방에서 도진과 함께하며 가장 많이 들은 말을 꼽자면 모두 다 같은 생각일 것이다.

"다시."

단 한마디의 말이었지만, 세 사람은 그 말에 처음부터 모든 것을 다시 준비해야만 했다.

이랑은 고된 연습에 투정 부리듯 말했다.

"Again and again! 너무 힘들어, 셰프! 몇 번을 다시 해야 해요?"

"눈 감고도 똑같은 컨디션의 음식을 낼 수 있을 만큼이요."

그에 도진은 단호하게 대답했다.

그가 절대 굽힐 수 없는 신념 같은 것이었다.

'같은 코스를 먹은 손님에게는 모두 같은 컨디션의 음식이 나가야만 한다.'

물론 지금은 손님에게 내는 것이 아닌 심사를 받아야 하는 음식이지만.

그렇다고 해서 다를 것은 없었다.

언제나 같은 퀄리티의 음식을 만들기 위해서는 연습에서도 항상 똑같이 나와야 함이 분명했다.

"손님에게 매번 다른 음식을 낼 수는 없잖아요."

"내가 봤을 때는 다 같은 것 같은데……."

도진의 촌철살인과도 같은 말에 작게 중얼거린 이랑은 고개를 저으며 다시금 자신의 자리로 되돌아갔다.

헤드 셰프였던 그가 그렇게 말한다면 더 이상 할 말은 없었다.

그것이 주방의 위계질서였다.

그리고 마침내 네 사람의 노력의 결실을 확인받는 심사 당일.

코스 전개에 앞서 미리 재료 준비를 마쳐 둔 뒤.

"우리는 몇 번째예요, 셰프?"

"세 번째로 심사받게 될 예정입니다."

"와 씨, 내가 다 떨리는 것 같아."

제비뽑기를 통해 평가 순서를 뽑은 도진은 마지막으로 크게 호흡을 들이켰다.

 '실수만 없게, 평소처럼만 하자.'

 주방에서 아무리 짨는 소리를 해도 봐주지 않았던 도진이었다.

 그런 그가 긴장한 듯 숨을 다스리는 모습에 김이랑과 정희준, 김선재 또한 긴장이 전염된 듯 몸을 바짝 굳혔다.

 혹여나 자신들이 도진의 승패에 영향을 줄 수도 있을 거라는 생각에 정신이 번쩍 든 세 사람이었다.

 "김도진 씨 팀! 다들 스탠바이 할게요!"

 더 이상 물러날 곳은 없다.

 도진은 벌떡 일어나 조리대로 향했다.

 "다들, 하던 대로만 합시다."

 조리복을 단정하게 정리한 도진이 앞치마를 동여맸다.

 그리고 그와 동시에.

 "자, 그럼. 검도진 씨, 심사 시작하겠습니다."

 삐이익-.

 마지막 미션이 시작되었다.

 김소연은 다음 심사에 앞서 입안을 물로 헹구고는 입가를 정리하며 운을 뗐다.

"정다은 씨는 정말 무서운 성장곡선을 보여 주는 친구인 것 같네요."

최석현이 그녀의 말에 맞장구를 쳤다.

"맞습니다. 이렇게까지 올라올 거라고는 아무도 생각 못 했었죠."

"저는 다 좋았는데 마지막으로 나온 디저트가 상당히 인상 깊었습니다."

김소연은 정다은의 첫 미션을 기억하고 있었다.

하지만 바로 직전, 정다은의 코스는 그 당시에 비해 정말 놀라우리만큼 많이 성장해 있었다.

"앞으로 얼마나 더 성장할 수 있을지 지켜보고 싶네요."

"하지만 앞날이 궁금한 건 역시, 이 친구죠."

김소연의 기대 어린 말을 파고든 건 다름 아닌 노연우였다.

그는 심사 테이블과 대략 5미터 정도 떨어져 준비된 조리 대를 바라보았다.

아니 정확히는.

그곳을 향해 걸어 나오는 김도진을 바라보고 있었다.

제작진이 더욱 원활한 심사를 위해 준비한 개방형 주방은 여느 업장의 주방 못지않아 보였다.

마치 실제 어느 파인다이닝의 오픈 키친을 엿보는 듯한 기분이 들었다.

그리고 지금 그곳의 주인은 영락없이 김도진이 분명했다.

삐이익-.

미션의 시작을 알리는 휘슬이 울림과 동시에 빠르게 준비된 *아뮤즈 부쉬(*Amuse bouche)가 그들의 앞에 놓였다.

노연우는 지난번 제출받은 코스의 개요를 확인했다.

옐로우 브리즈(Yellow breeze).

투명한 역삼각형 디저트 컵에 담긴 샛노란색의 아뮤즈 부쉬.

투명한 *포아레(*서양배) 젤리와 함께 곁들여진 노오란 백향과.

그 한입은 이름 붙인 것처럼 상큼한 산들바람과 같은 맛이었다.

노연우는 시간을 들여 천천히, 적절한 산미와 달콤함이 한데 어우러져 입안에서 톡톡 터지는 맛을 음미했다.

다른 심사 위원들도 그와 마찬가지였다.

"백향과가 확실히 입맛을 돋워 주는 역할을 톡톡히 하네요."

"그러게요. 색이 포인트가 되는 코스라서 그런지, 색감부터가 눈에 확 들어오는 게 앞으로 전개되는 메뉴가 궁금해지게 만드는군요."

첫 시작부터 심사 위원들의 마음을 한껏 사로잡은 도진의 코스는 마지막까지 꾸준했다.

"플레이팅 자체가 아마추어가 아닌 것 같네요. 과감한 손길이 느껴지는걸요."

"내세운 주제가 보이는 것과 직접적인 연관이 있는 것도 한몫한 것 같습니다. 이보다 더 잘 표현할 수 있을까 싶어요."

"젊은 친구의 감각이라는 게 이런 걸까요. 아무래도 우승은 어느 정도 결정된 것 같네요."

심사가 아닌 식사를 마무리한 듯 배를 두드리며 대화를 이어 가는 최석현과 김소연.

그에 조용히 듣고만 있던 노연우가 입을 열었다.

"글쎄요. 확실히 훌륭하기는 한데……."

생각에 잠긴 듯 조심스레 눈을 감고 있기를 잠시.

의미심장한 미소를 지은 그가 도진을 바라보며 말을 이었다.

"하지만, 사실 진정한 미션은 따로 있으니까요. 저희의 심사만으로 끝나는 게 아니지 않습니까."

"와 진짜. 나는 왜! 엄마 나는!"

어김없이 돌아온 목요일 밤.

'서바이벌 국민셰프'의 방송이 시작된 지 얼마 되지 않은 시간.

고등학생은 TV 앞에서 덩치에 맞지 않게 다섯 살 어린애나 부릴 법한 생떼를 부리고 있었다.

그도 그럴 것이.

"나는 왜 김유정이 아닌 건데!"

지난번 김유정의 별스타그램에 올라온 스포일러를 방금 막, 방송으로 확인한 찰나였기 때문이다.

"나도 김도진 보고 싶어! 요리 먹어 보고 싶어!"

자신은 왜 김유정이 아닌가.

어째서 김도진의 요리를 먹어 볼 수 없는가.

가질 수 없는 것을 탐하는 것은 점점 더 큰 갈증만 불러일으킨다고 했던가. 고등학생은 깊어지는 한탄과 함께 시위라도 하듯 방바닥에 널브러졌다.

그 모습을 본 엄마는 혀를 차며 그녀의 어깨를 '찰싹' 하고 때리며 말했다.

"아휴, 이 기지배가 증말. 그런다고 되겠어? 아주 방송국 앞에 가서 시위라도 하지 그래! 안 볼 거면 리모컨 내놔!"

분명 함께 보기 시작했던 프로그램이었으나, 어느 순간부터 엄마는 드라마를 봐야 한다며 채널을 돌리기 일쑤였다.

"악! 안 돼! 볼 거야!"

간신히 TV를 사수한 고등학생은 정신을 차리고 다시 화면 앞을 차지했다.

"와, 진짜 어떻게 저럴 수가 있지?"

노연우의 지시는 분명 갑작스러운 것이 틀림없었다.

낯선 셰프의 밑에서 처음 경험하는 스타주라니.

자신이었으면 분명 얼빠진 표정으로 아무것도 하지 못하고 가만히 서서 가마니가 되어 가고 있었을 것이다.

하지만 정희준과 김도진은 달랐다.

"예! 셰프!"

"뭐부터 하면 될까요?"

정희준이야 나이가 있으니 사회생활을 해 봤기에 자연스럽게 나오는 바이브라고 쳐도…….

김도진은 도대체 알 수가 없었다.

몇 번 휙 주방을 둘러보더니 마치 제집처럼 익숙해져서는 필요한 걸 척척 준비하는 모습은 놀랄 수밖에 없었다.

"원래 다 저런 건가……?"

요리하는 사람들은 다들 저렇게 남의 주방도 빠르게 파악해서 돌아다닐 수 있는 거였나 하는 생각이 들 때쯤.

교차 편집 되어 나오는 다른 이들의 스타주 생활을 보니, 확실히 느껴졌다.

'그냥 김도진이 유독 남다른 거구나.'

첫날의 실수투성이인 다른 참가자들은 '죄송합니다.'를 입에 달고 다녔고, 그 모습이 안쓰러운 것도 잠시.

시킨 일은 완벽하게 해내고, 시키지 않은 일도 알아서 찾아서 하는 도진의 모습을 보며 고등학생은 고개를 끄덕였다.

"역시 김도진. 내 남자다워."

"누가 보면 네 남자친구인 줄 알겠다, 얘."

"그랬으면 정말로 소원이 없겠다. 엄마, 저런 사위 어때?"

"엄마는 누구든 너 데려가 준다고 그러면 절이라도 할 수 있어."

엄마와 티격태격 장난을 주고받는 사이.

어느새 끝나 버린 방송에 고등학생은 아쉬운 마음을 감추지 못했다.

"아, 오늘은 왜 이렇게 더 빨리 끝난 것 같지?"

이전 미션에 대한 내용과 더불어 갑작스러운 파인다이닝에서의 스타주, 그리고 돌아와 노연우의 스튜디오에서 함께한 스타주 생활까지.

이렇게 나열해 놓고 보면 긴 내용이었으나, 오늘따라 유독 순식간에 끝나 버린 듯한 기분이었다.

[NEW]노연우, 정희준, 김도진 운동하는 짤 쩌옴

[NEW]백인호랑 김이랑 일했던 파인다이닝 어딘지 찾아요.

[NEW]이제 곧 막방 같은데 새 시즌 들어가려나?

[NEW]이번 스타주 미션 궁예

[NEW]엄마 나는 왜 김유정이 아니에요?

허한 마음에 TV 앞에 앉아 한참 동안 핸드폰을 만지작거리던 고등학생은 커뮤니티에 올라오는 글들을 보며 낄낄거리고 있었다.
　방송 끝에 나오던 광고가 끝난 뒤.
　익숙한 목소리가 들려왔다.

　─⋯⋯에서 신청 받습니다.

　끝난 줄 알았던 화면엔 익숙한 스튜디오에 세 명의 심사위원이 나타나 있었다.
　고등학생은 급히 TV 왼쪽 상단의 로고를 확인했다.

　서바이벌 국민셰프

　깜짝 놀란 그녀는 화면에 코를 박을 기세로 돌진했다.

　─스타주 미션의 하이라이트. 국민 셰프를 뽑는다는 프로그램명에 걸맞게, 여러분의 손으로 당신의 셰프에게 투표해 주세요!

　노연우의 말이 끝나자 화면 하단에 앞서 놓친 내용을 포함한 자세한 설명이 띄워졌다.
　그리고 그중 고등학생의 눈에 꽂힌 것은, 단 한 줄의 문장이었다.

[시청자 초청 이벤트 신청은 KTBN 이벤트 게시판을 이용해 주세요.]

아니, 어쩌면 그리 길지 않은.

[시청자 초청 이벤트]

몇 개의 단어였을지도.
"엄마! 엄마아악! 빨리 와 봐!"

모든 시식이 끝난 심사 위원들은 고민에 빠졌다.
"저는 점수 매기는 게 제일 어려운 것 같아요."
"아무래도, 요리는 기술로만 평가할 수는 없으니까요."
"주관적인 의견이 많이 들어갈 수밖에 없는 노릇이긴 하죠."
세 사람의 코스 모두 좋았다.
다만 각각의 매력이 달랐기에 어떤 코스가 좀 더 좋았느냐를 따지자니 여간 어려운 일이 아니었다.

머리를 맞댄 채 의논하는 심사 위원들.

그들의 고심이 길어져 결과를 기다리는 시간이 점차 늘어날수록 참가자들 또한 긴장감은 더 커져만 갔다.

그리고 이내.

의견을 한데 모은 듯 심사 위원들이 순서대로 단상으로 올라섰다.

가운데 선 노연우가 양옆의 김소연과 최석현을 번갈아 보더니 고개를 끄덕이고는 천천히 입을 열었다.

"다들 여기까지 오는 데 정말 고생 많았습니다."

마지막을 알리는 듯한 진부한 멘트였다.

"가을과 함께 시작한 촬영의 끝자락이 겨울이 되어서야 보이기 시작하네요. 세 분 모두 프로그램과 함께 성장해 나가는 모습을 보며 저희도 많은 자극을 받을 수 있었습니다."

"그동안의 미션들을 겪어 오면서 정말 많은 것들을 배웠으리라고 생각이 됩니다. 그 경험들이 여러분들의 앞날에 디딤돌이 되어 줄 수 있으면 좋겠습니다."

마치 졸업식을 앞둔 학생들에게 마지막 인사를 건네는 듯한 노연우의 말이 이어지자 도진은 감회가 새로웠다.

'이렇게 보니 시간이 정말 빨리 지나갔네…….'

그런 생각을 하는 것은 비단 도진뿐만이 아니었다.

감정 표현이 드문 백인호도 얼굴 한가득 아쉬움을 담고 있었고, 정다은은 이미 눈시울이 붉어져 금방이라도 눈물이 터질 것만 같은 눈치였다.

"자, 여러분. 이게 마지막은 아니니까요. 포기하지 않고 꾸준히 필드에서 버티다 보면 언젠가, 어디서든 만나게 될 겁니다."

"그럼 이제 결과, 발표하도록 할까요?"

최석현의 다정한 위로 뒤로 노연우가 현실을 일깨웠다.

적막 속에선 참가자들의 긴장감 어린 숨소리만이 들려왔다.

"3위, 267점. 정다은."

자신의 이름이 불린 정다은은 한숨을 턱 쉬고는 고개를 떨궜다.

"정다은 씨는 이렇게까지 올라올 것이라고는 아무도 예상하지 못했으나, 무서우리만치 빠르게 성장하는 모습으로 저희 심사 위원들을 놀라게 했습니다."

"저희가 처음 만났을 당시만 해도, 하나의 요리만으로도 벅차했던 다은 씨였는데…… 이렇게 멋지게 코스를 전개하게 될 수 있을 때까지 얼마나 큰 노력을 했을지가 눈앞에 선하네요. 분명 앞으로도 더 많은 성장을 이뤄 낼 것이라고 믿어 의심치 않습니다."

울컥 터지는 눈물을 겨우 참고 있었던 정다은은 노연우와 김소연의 다정한 위로에 결국 눈물을 울컥 터트리며 웅얼거리는 목소리로 연신 '감사합니다.'를 반복했다.

도진은 그 모습을 보며 정말 마지막을 실감했다.

앞으로 1, 2위의 발표가 이어지면.

'이제는 정말 끝이구나.'

옆자리에 선 인호가 마른침을 삼키는 소리가 들려왔다.

도진은 손거스러미를 가만두지 못하는 인호의 손을 슬그머니 잡아끌었다.

"손에 피 나면, 주방에 못 들어가요. 인호 형."

"응…… 고마워."

장난스럽게 말했지만 긴장되는 것은 도진도 마찬가지였다.

괜스레 농담을 건네면 나을까 싶었지만, 마음은 쉬이 진정되지 않았다.

나란히 손을 잡은 두 사람은 노연우의 목소리에 고개를 들었다.

"1위, 발표하겠습니다."

적막한 분위기 속에 최석현의 장난기 어린 목소리가 들려왔다.

"저희도 결과가 이렇게 될 줄은 몰랐는데 말이죠."

"그러니까 말입니다. 정말 생각지도 못했어요."

최석현의 말에 맞장구를 친 노연우가 두 사람을 보며 씩 웃었다.

영문을 알 수 없는 웃음에 도진은 당혹스러운 마음을 감추지 못했다.

'뭐가 생각지도 못한 결과인 거지……?'

그 의문이 채 이어지기도 전.

"1위, 287점."

1위의 점수가 공개되었고.

꿀꺽-.

누구의 침 삼키는 소리인지도 알 수 없었다.

온 신경이 노연우의 입에서 어떤 이의 이름이 나올 것인지.

그것에만 집중되어 있었다.

그리고 이내.

"축하드립니다. 백인호 씨."

그의 입에서 나온 다른 이의 이름에 도진은 한참을 참았던 숨을 턱 내쉬었다.

'결국 이렇게 됐나.'

백인호에게 축하의 말을 건네려던 도진은 이어지는 노연우의 목소리에 멈칫했다.

"그리고 김도진 씨."

"네?"

저도 모르게 자신이 들은 게 맞냐는 식의 의문을 띄운 도진은 당황한 마음을 감추지 못했다.

인호 또한 마찬가지였다.

두 사람의 마음을 읽은 듯 노연우가 재빠르게 말을 덧붙였다.

"총합 287점으로 백인호 씨와 김도진 씨, 공동 1위입니다."

"백인호 씨의 경우 요리하는 데 들어간 기술은 물론이고 전체적인 코스의 메뉴들이 아주 조화로웠습니다. 얼마든지 값을 치르고 먹을 수 있을 법한 요리였어요."

"그건 도진 씨의 코스도 마찬가지였습니다. 게다가 그와 더불어 주제를 탁월하게 표현해 내는 모습이 여느 파인다이닝의 셰프들 만큼이나 훌륭했어요."

"두 사람의 코스 모두 훌륭했기 때문에 이런 결과가 나온 것 같네요."

번갈아 가며 이어지는 심사평은 전혀 귀에 들어오지 않았다.

오리무중이 된 결과에 당혹스러운 마음을 감추지 못한 도진이 물었다.

"어, 그럼 이렇게 되면 결과는 어떻게 되는 건가요……?"

그에 미리 준비라도 하고 있었던 마냥 최석현이 입을 열었다.

"사실은 말이죠. 이번 미션은 이게 끝이 아니었습니다. 셰프 스타주의 마지막 관문, 진정한 최종 미션은…….”

그러고는 분위기를 잡으며 한참을 뜸들이더니.

"시청자 투표입니다."

난데없는 발언을 던졌다.

"네?"

"그게 무슨……."

시청자 투표라니.

생각해 보지도 못한 일이었다.

최석현은 멈추지 않고 설명을 이었다.

"원래라면 저희가 먼저 심사 후 1, 2위를 뽑은 뒤, 두 사람의 코스를 일일 평가단인 시청자들이 시식 후 투표하여 점수를 통계 내서 우승자를 가려낼 예정이었습니다만……."

"이렇게 동점이 나오게 될 줄은 몰랐죠."

최석현의 말을 자연스럽게 이어받은 김소연이 머쓱한 듯 웃었다.

노연우도 그녀의 말에 동의한다는 듯 고개를 끄덕였다.

"동점은 정말 아무도 예상하지 못한 결과였죠."

그러고는 재미있다는 듯이 씨익 웃으며 한마디를 덧붙였다.

"이거야 뭐…… 이렇게 되면, 정말 국민이 뽑은 '국민셰프'가 되겠네요."

아무리 놀라더라도 금세 침착한 상태로 돌아와 평온함을 유지하던 도진이 흔치 않게 안절부절못했다.

시청자들이 직접 자신의 코스를 먹고 투표하게 된다니.

정말로 생각지도 못한 미션이었다.

심지어 신청한 시청자들의 숫자는 상상을 초월했다.

'3천 명이 넘었다지……?'

김 PD 또한 대략 자신이 예상했던 신청자의 인원을 훌쩍 뛰어넘은 숫자였다며 잇몸이 마를 정도로 웃으며 소식을 전했다.

하지만 그중에서 초청되는 건 단 서른 명.

초청된 시청자들이 일일 평가단이 되어 점심과 저녁으로 각각의 코스를 맛본 뒤.

더 좋았던, 만족스러웠던 식사에 투표하게 된다.

원래라면 그 투표의 결과와 심사 위원 점수의 통계를 내어 결승을 가리게 될 예정이었으나…….

심사 위원 점수에서 같은 점수를 받았기에 사실상 시청자들의 투표로 우승자가 가려지는 것이나 다름이 없었다.

도무지 예측할 수 없는 결과에 도진은 머리를 부여잡았다.

'분명 파인다이닝이라는 문화가 익숙하지 않은 사람들도 많을 텐데…….'

맛을 평가하는 기준은 모두 저마다 제각각이었기 때문에 더욱이 어려운 문제였다.

연습실 주방 한편에서 고뇌에 빠진 채 시름을 앓고 있는 도진.

"셰프!"

그런 도진을 일깨운 목소리의 주인공은 다름 아닌 김이랑이었다.

시청자 초청일을 이틀 앞둔 지금.

연습을 위해 어김없이 주방으로 출근한 김이랑은 주방 한편에서 한참을 가만히 서 있는 도진의 모습을 보고는 걱정된다는 듯 말문을 열었다.

"셰프, What up? 무슨 일 있어?"

"아, 이랑 누나. 왔어요?"

"응. 그런데 셰프는 왜 그렇게 표정이 안 좋아?"

"아, 별건 아니고……."

김이랑의 물음에 도진이 멈칫했다.

"뭐랄까, 이제 진짜 모레면 마지막인 거잖아요. 시청자분들의 평가에 따라서 승패가 갈린다고 생각하니까……."

쉽게 입을 떼지 못하고 고민하던 도진이 이내 말을 이었다.

"분명 파인다이닝을 처음 접하는 분들도 있을 테고…… 사실 맛이라는 게 정확한 평가 기준이 있는 게 아니라 너무 주관적이잖아요. 그래서 너무 어려워요."

도진의 말이 끝나고, 한참 동안 그를 쳐다보던 이랑이 이해하지 못하겠다는 듯 되물었다.

"그러니까, 어떻게 해야 이길 수 있을지 모르겠다는 거야?"

"맞아요. 어떻게 해야 인호 형보다 더 좋은 평가를 받아서 이길 수 있을까요?"

"Umm……. 일단 셰프는 그게 잘못된 것 같아."

이랑이 도진의 찌푸린 미간을 손으로 살살 풀며 말을 이었다.

"인호보다 좋은 평가를 받는 것보다, 어떻게 해야 손님들에게 더 좋은 평가를 받을 수 있는지가 중요한 거야."

"네?"

"셰프는 오로지 음식의 맛만 표현하는 사람이 아니잖아. 내가 생각하는 파인다이닝은 셰프인, 그러니까 도진이 네가 보고 있는 세상을 하나의 코스로 표현해 손님들에게 이런 세상도 있다고 알려 주는 곳이라고 생각해."

도진은 이랑의 말에 뒤통수를 한 대 맞은 듯 정신이 번쩍 들었다.

"네 손끝에서 식재료들은 새로운 만남을 시작하고, 독창적인 요리가 되어 손님들의 입맛의 스펙트럼을 넓혀 주는 거야. 새로운 세상을 향한, 그러니까 일종의 모험 같은 거지."

진지하게 말을 이어 가던 이랑은 이런 분위기가 낯간지러운 듯 급히 말을 마무리했다.

"아무튼, 인호보다 더 좋은 평가를 받는 것보다, 어떻게 해야 손님들이 더 행복한 식사를 할 수 있는지를 고민해!"

"와, 이랑 누나."

도진이 감격에 겨운 눈으로 이랑을 바라보았다.

"저, 처음으로 누나가 정말 누나같이 느껴져요."

"What? 너 그럼 지금까지는!"

"장난이에요. 제가 사랑하는 거 알죠. 누나?"

짧은 몇 마디 말에 순식간에 김이랑의 분위기가 평소처럼 돌아왔다.

장난스럽게 화를 내며 자신을 쫓아오는 이랑의 모습에 도진은 급히 몸을 피하며 생각했다.

'왜 이걸 잊고 있었을까.'

서바이벌이라는 프로그램 특성에 매몰되어 가장 중요한 것을 잊고 있었다.

사람들이 맛을 느끼지 못한 채 그저 배를 채우기 위해 음식을 소비했다면 아마 '셰프'라는 직업은 필요 없었을 것이다.

셰프는 자신만의 독창적인 요리를 통해 손님을 또 다른 세계로 이끌어 그들의 마음을 풍요롭게 만들었다.

사람들의 마음을 풍요롭게 만드는 것.

무릇 예술가들이 하는 일이었다.

그리고 도진은 언제나 '셰프'이자 '예술가'이고 싶었다.

언젠가 훗날 자신의 가게에서의 식사를 떠올릴 때, 되돌아가고 싶을 만큼 행복했던 추억으로 기억될 수 있도록.

그들의 가슴 깊은 곳에, 눈치채지 못한 사이 행복이 스며들 수 있는.

그런 파인다이닝의 셰프가 되는 게 꿈이었다.

비록 자신의 가게에서 손님을 맞이하게 되는 것은 아니었
지만…….

'어쨌든, 내 요리를 먹어 주는 감사한 손님들인 건 분명하
지.'

도진은 자신과 첫 모험을 떠나게 될 '손님'들을 위해 작은
선물을 준비하기로 마음먹었다.

블라인드 미션

'서바이벌 국민 셰프'의 일일 평가단 초청일.

넋을 놓고 있던 고등학생은 엄마의 목소리에 정신을 차렸
다.

"다영아! 홍다영! 빨리 가자. 늦겠다, 얘."

"어어, 어, 엄마. 이거 꿈 아니지?"

"얘는 또 무슨 소리야. 빨리 확인해 봐, 여기가 맞지?"

시청자 추첨을 통해 시식 인원을 초청한다는 방송 안내를
보았을 때.

자신의 핸드폰은 물론이고 아빠와 친구들, 사돈에 팔촌까
지 다 끌어모아 응모했다.

그리고 추첨 결과가 나오는 날까지 물 떠 놓고 기도를 올

릴 만큼 온갖 호들갑을 떨었다.

하지만 그렇게까지 하면서도 사실 큰 기대는 하지 않았다.

'어차피 안 되겠지…….'

워낙에 뽑기 운이 나빴던 자신을 잘 알고 있었기 때문이다.

그런데 이게 웬걸.

생각지도 못한 곳에서 당첨되었다는 소식이 들렸다.

신청자 추첨을 하던 날.

고등학생은 아무런 미동도 없는 핸드폰을 노려보다 이내 상심하고는 침대에 널브러져 있었다.

"그래, 이럴 줄 알았어. 내가 무슨 당첨이야……."

그렇게 해 달라고, 해 달라고 싹싹 빌었는데도 귀찮다며 신청서를 작성해 주지 않던 엄마가 그녀에게 들이민 핸드폰 화면.

그곳에는 '당첨되었습니다.'라는 축하와 함께 촬영이 이루어지는 곳의 주소와 촬영 시 주의 사항 등이 적혀 있었다.

그 화면을 보고 그저 입을 턱 벌린 채 아무 소리도 낼 수 없었다.

그저 '어…….' 하는 멍청한 소리와 함께 엄마의 핸드폰을 부여잡고는 몇 번이고 문자를 확인했다.

"엄마 이게, 뭐야……?"

"뭐긴 뭐야. 네가 그렇게 가고 싶다고 노래를 불러서 엄마도 결국 신청했지. 엄마는 당첨 됐지롱!"

천재셰프
회귀하다

엄마는 얼이 빠진 고등학생의 눈앞에 손을 브이 자로 만들어 놀리듯 흔들어 댔다.

그제야 정신을 차린 그녀는 마치 장화 신은 고양이처럼 눈을 치켜뜨고 엄마를 올려다보았다.

"엄마. 나 데려가 줄 거지……?"

"글쎄, 우리 딸이 엄마 집안일도 좀 도와주고 그러면 뭐 생각은 해 볼 수도 있겠지?"

그렇게 구박데기 신데렐라로 살아남은 지난 3일.

고등학생은 마침내 요정 할머니 대신 아리따운 어머니의 도움을 받아 호박 마차가 아닌 택시를 타고 목적지로 향했다.

그리고 도착한 이곳.

그녀의 눈앞에 보이는 양각의 포인트가 들어간 전면 유리의 적당히 높은 빌딩.

[KTBN]

바로 '서바이벌 국민 셰프'의 촬영이 이루어지는 스튜디오가 있는 방송국이었다.

고등학생은 한참 고개를 올려 자신의 앞에 우뚝 서 있는 빌딩 끝을 바라보았다.

"와, 이게 진짜 되네……."

그 후로는 일사천리였다.

안내 데스크에 문자를 보여 준 뒤 임시 출입증을 발급받아 들어선 방송국 안.

미리 대기하고 있던 '서바이벌 국민 셰프'의 스태프를 따라 들어선 강연실에서 행동 지침과 일정에 대한 설명을 들은 뒤.

일일 평가단 총 서른 명의 인원은 곧장 스튜디오로 이동했다.

"우와…… 완전 그냥 평범한 식당 들어온 기분이야."

"그러네, 레스토랑 외식하러 온 것 같다, 얘."

스튜디오 내부를 두리번거리던 두 사람은 이내, 자신의 이름표가 올려진 테이블을 찾을 수 있었다.

"엄마, 저기가 우리 자리인가 봐."

한껏 기대에 차 성큼성큼 발을 옮기는 고등학생의 앞길을 방해할 수 있는 것은 아무것도 없었다.

엄마를 이끌고 자리에 앉은 그녀는 테이블에 놓인 메뉴판을 '스윽–.' 훑어보았다.

'다 너무 어렵게 적혀 있어서 이렇게만 보니까 어떤 요리인지 잘 모르겠는걸.'

아뮤즈부쉬(Amuse-bouche)며 앙트레(Entrée)와 같은 말들은 이런 문화에 익숙하지 않은 이들에겐 너무 생소했다.

아무리 뚫어져라 봐도 어떤 요리가 나올지 짐작조차 되지 않는 메뉴에 골몰하기를 한참.

그녀는 자신만 그렇게 느끼는 건가 싶은 생각이 들자 멋쩍게 주변을 둘러보았고…….

다행히 자신만 그런 게 아니라는 것을 눈치채고는 안도의 한숨을 내쉬었다.

그리고 어느새 일일 평가단 모두가 자리를 잡자, 스태프가 다시 한 번 더 안내 공지를 말했다.

"앞서 말씀드렸던 것처럼 점심은 A 코스, 저녁은 B 코스로 시식하게 될 예정입니다. 식사가 끝나는 순서대로 인터뷰 진행할 예정이니, 식사 후 문 앞에서 잠시 대기해 주시기를 바랍니다."

참가자들의 인기투표가 되지 않도록 형평성을 위해 각각 알파벳으로 코스를 지칭한 스태프는 할 말을 끝낸 후 사라졌고…….

이내 대기하고 있던 홀 서버들이 테이블로 다가와 물었다.

"메인인 스테이크는 한우 안심으로 준비되어 있으며 굽기는 어느 정도로 해 드릴까요?"

"어…….'

"미디움으로 해 주세요."

"혹시 알레르기가 있거나 못 드시는 음식이 있을까요?"

"아뇨, 없습니다."

갑작스러운 물음에 당황한 고등학생이 하지 못한 대답을 이은 것은 엄마였다.

익숙한 듯 대답하는 엄마의 모습이 낯설었던 고등학생은

괜히 장난을 치며 물었다.

"오오, 장 여사 뭐야. 뭐가 이렇게 익숙해? 나만 이런 데 처음이야?"

"엄마 결혼기념일에 너희 아빠가 몇 번 데리고 와 줬어."

"헐, 뭐야. 어쩐지 그런 날은 용돈을 두둑이 주더라……."

배신감에 가득 찬 얼굴을 한 고등학생의 모습에 엄마는 웃음을 지었다.

"너는 앞으로 많이 다닐 수 있잖아. 얼른 먹자, 음식 나온다, 애."

엄마의 말에 고등학생은 저 멀리서 자신의 테이블을 향해 곧게 걸어오는 홀 서버를 볼 수 있었다.

그리고 이내.

고등학생은 그녀의 눈앞에 놓인 접시에 감탄했다.

"와아─ 진짜 예쁘다. 엄마, 근데 이건 어떻게 먹어?"

보통의 파인다이닝이라면 홀 서버의 설명이 곁들여지는 것이 당연했다.

하지만 이곳은 파인다이닝 레스토랑이 아닌 요리 서바이벌 경연 프로그램의 현장이었다.

그렇기에 준비가 미흡할 수밖에 없는 게 당연한 노릇이었다.

"식기류는 가장 바깥에 있는 것부터 쓰면 되고……."

고등학생은 찬찬히 엄마의 이야기를 들으며 식사를 시작

했다.

처음으로 경험하게 된 파인다이닝은, 그녀에게는 조금 어렵고 낯설었다.

맛있는 요리들의 향연은 너무 좋았지만, 이런 자리에 익숙하지 않았던 탓일까.

식사가 끝난 그녀는 더부룩해진 속을 부여잡았다.

"왜 그래, 속이 안 좋아?"

"모르겠어. 너무 긴장하면서 먹었나. 괜찮아, 소화제 먹으면 돼."

고등학생은 엄마의 걱정에도 불구하고 그녀는 꾸역꾸역 모든 일정을 소화해 냈다.

식사 후 인터뷰를 마치고는 방송국 투어와 '서바이벌 국민 셰프'의 세트장 구경까지 모두 다 한 고등학생.

"아, 그래도 좀 지나니까 괜찮다."

그녀는 나아진 상태로 저녁을 먹을 수 있다는 생각에 한숨 돌렸다.

'어떤 게 도진이가 만든 건 줄 모르니까, 최대한 둘 다 맛있게 먹고 싶은걸.'

그런 생각을 하며 안내된 이름표에 따라 자리에 앉은 그녀는 어딘가 위화감이 들었다.

'낮에 먹었던 자리랑 분명 같은 자리 같은데, 뭐가 다른 거지……?'

한참을 달라진 점을 찾아 두리번거리던 그녀는 이내 무엇이 달라졌는지 찾을 수 있었다.

분명 낮의 A 코스 메뉴판은 한 장의 얇은 종이 하나였다면, 저녁의 B 코스 메뉴판은 좀 달랐다.

'이건, 책자같이 생겼는걸……?'

그녀는 흥미로운 눈으로 한참 동안 메뉴를 살폈다.

겨울이 훌쩍 다가와 유독 해가 짧아진 듯 어느새 어둑해진 바깥의 노을은 저녁을 알리고 있었다.

일일 평가단인 시청자들이 들어오기 전, 주방의 분위기는 유독 엄숙하게만 느껴졌다.

마치 폭풍의 눈처럼 고요한 주방 안.

헤드 셰프인 도진을 비롯해 스태프로 지원사격을 나선 정희준과 김이랑, 김선재까지.

주방 인원 모두가 다시 한번 마음을 가다듬었다.

'할 수 있다. 마지막이니까, 더 완벽하게.'

그렇게 호흡을 고른 도진은 대기하고 있던 홀 서버들에게 마지막으로 코스를 내갈 때 신경을 써야 하는 부분들, 중요한 핵심을 짚어 줬다.

그리고 이내.

"평가단 준비 완료되었습니다! 오더 받겠습니다!"

막내 스태프가 주방을 향해 알렸다.

그의 말에 도진은 앞치마를 다시 한 번 더 동여맸다.

"오늘도 실수 없이, 잘 부탁드립니다."

준비는 모두 완벽하게 끝났다.

가장 먼저 주방으로 들어선 홀 서버가 *패스(*오더를 받고 음식이 전달되는 곳)를 향해 빌지를 향해 외쳤다.

"3번 테이블 미디움입니다!"

긴장감이 감도는 적막의 끝을 알리는 소리였다.

"3번 미디움입니다! 서버, 3번 아뮤즈 먼저 가져가세요."

침착하게 주문을 다시 확인한 도진이 첫 아뮤즈 부쉬를 내며 주방을 향해 당부했다.

"다들 집중하겠습니다. 지금부터는 정신 바짝 차려야 됩니다!"

그러고는 정신없이 몰아치는 오더에 주방 또한 어느새 혼비백산이 되었다.

"셰프! 메인 나왔습니다!"

"소스 준비됐습니다, 셰프!"

"셰프!"

그리고 그 모든 중심에는 도진이 서 있었다.

"7번 앙트레 접시 돌아왔습니다! 메인 얼마나 남았어요?"

"이건 5번으로 내가세요."

"3번에 가니쉬 브로콜리니 빼고 레디쉬로 나가겠습니다!"

끊임없이 자신을 찾는 이들의 목소리에, 도진은 기함을 토할 법도 한데 굳건히 자리를 지키며 일을 쳐 냈다.

"셰프! 가리비 나왔습니다!"

"이리로 주세요."

도진은 떨리는 손끝을 겨우 진정시키고는 작은 스푼으로 가리비 껍데기 위에 *비스크 소스(*갑각류의 껍질을 이용해 만든 소스)를 끼얹었다.

그리고 핀셋을 조심스럽게 들어 올려 오렌지 빛깔의 소스 위, 말갛게 익은 하얀 속살의 가리비를 얹었다.

마지막으로 송어 알을 올린 뒤 허브로 만든 폼을 끼얹은 도진은 서버를 향해 외쳤다.

"8번 테이블 오렌지 파탈(Orange Fatal) 나왔습니다!"

쉴 틈 없이 일을 처리해 나가는 도진의 입가에는 어느새 작은 미소가 걸려 있었다.

막 뒤편에서 정신없이 연극의 다음 장면을 준비하는 듯한 주방에 비해…….

홀은 평화롭게 B 코스가 전개되고 있었다.

서버들은 눈치껏 평가단의 식사가 끝나면 접시를 치운 뒤,

곧장 다음 코스를 내왔다.

"이거 봐, 메뉴에 있는 그림이랑 완전 똑같아!"

"어머 진짜, 색감 너무 예쁘다."

여기저기서 작게 감탄하며 사진을 찍어 대는 사람들은 마치 무대 위 배우가 된 것처럼, 우아하게 포크와 나이프를 움직였다.

고등학생은 다음 음식이 나올 때마다 메뉴판을 집어 들고 정독했다.

"엄마, 이거 봐. 이건 그림을 모티브로 만든 건가 봐!"

그녀의 말처럼 접시 위 가리비는 정말 보티첼리의 '비너스의 탄생'을 떠올리게 했다.

주홍빛 비스크 소스는 마치 그림의 모델이 된 여인의 머리 색과 닮아 있었다.

런치에 비하면 디너의 서버들은 음식을 나르며 좀 더 부가적인 말을 덧붙여 주었다. 어떤 식으로 먹어야 한다거나, 어떤 소스가 포인트가 되어 만들어졌다는 등의 설명이었다.

'아마 이건 헤드 셰프가 되는 사람의 재량인 거겠지?'

게다가 소책자를 닮은 메뉴판은 메뉴에 대한, 숨겨진 주제에 관한 내용을 너무도 상냥하게 말해 주고 있었다.

마치 숨겨진 보물 지도를 찾아 미지의 세계를 향해 모험을 떠나는 기분이었다.

"으흐음흠."

저도 모르게 한입, 한입 소중히 음미하던 고등학생은 이내 코스가 끝났음을 알고 아쉬운 눈길을 떼지 못했다.

그리고 이내 용기 내어 그릇을 정리해 가던 홀 서버를 잡고 물었다.

"혹시, 이 메뉴판. 끝나고 가져가도 되나요……?"

"그럼요. 셰프님이 여러분을 위해 준비한 메뉴판인걸요."

친절하게 웃으며 대답한 홀 서버는 이내 자신이 맡은 임무를 마무리하기 위해 떠났고…….

고등학생은 이 경험을 추억하고자 소중히 메뉴판을 챙겼다.

어느새 투표는 안중에도 없어진 채, 그저 '다음에 또 와보고 싶다.'라는 생각만 머리에 맴돌았다.

기분 좋은 식사 끝에 문을 열고 나선 그녀는, 밖에서 대기하고 있던 스태프들에 의해 그제야 이곳이 스튜디오였음을 다시금 깨달았다.

"투표는 저쪽 대기실에서 이뤄지겠습니다."

스태프들이 이끄는 대로 이동한 고등학생은 눈앞에 놓인 투표용지를 보았다.

그리고 한 치의 망설임도 없이 자신의 마음이 이끄는 곳에 표를 던지고는 의기양양한 표정으로 집으로 향했다.

"도진아, 나는 믿어!"

이미 그녀의 마음속에는 B 코스가 도진의 것이라는, 알 수 없는 확신이 가득 차 있었다.

시작과 끝

어느새 완전히 해가 떨어져 어둑해진 바깥은 지금이 몇 시
인지를 짐작하게끔 했다.

"이게 마지막인가요?"

텅 빈 식기와 커트러리를 가지고 온 홀 서버는 도진의 물
음에 고개를 끄덕였다.

"다들 나가셨어요."

"감사합니다. 오늘 고생 많으셨습니다."

"아유, 제가 뭘요. 셰프님이 고생하셨죠. 손님들이 메뉴
책자 많이들 챙겨 가셨어요. 너무 좋아하시던데요?"

그 말에 도진은 처음으로 주방을 벗어나 모두 떠나 적막한
홀을 바라보았다.

이제 막 정리를 끝낸 홀은 마치 도진이 처음 메뉴 책자를 하나하나 직접 세팅했던 처음의 모습과도 같았다.

조금 다른 점이 있다면…….

책자가 없어져 허전해진 테이블이 곳곳에 보인다는 것이었다.

'하나, 둘, 셋…….'

비어 있는 테이블을 세어 본 도진은 놀랄 수밖에 없었다.

무려 여덟 개.

그러니까 메뉴판을 따로 챙겨 간 테이블이 총 열다섯 개 중 여덟 개나 된다는 말이었다.

'이거, 생각보다 되게 기분이 좋네.'

직접 나가서 설명할 시간이 없었던 만큼, 음식을 맛보게 될 이들을 위해 자신이 '무엇'을 표현하고 싶었는지.

그리고 처음 파인다이닝을 경험하게 되는 이들이 너무 낯설게만 느껴지지 않도록, 이 책자가 길잡이가 될 수 있기를 바라며 직접 그린 메뉴와 이야기를 곁들여 만들었다.

'급하게 준비한 것치곤 반응이 좋아서 다행이다.'

정성들여 준비했기에 그만큼 뿌듯함이 컸다.

만족스러운 미소를 한가득 머금은 도진은 뒷정리를 하기 위해 다시금 주방으로 돌아갔고…….

어느새 자신이 맡은 파트의 마감까지 끝낸 김이랑과 김선재, 정희준이 도진을 반겼다.

"셰프! 그릴은 마감 끝!"

"오, 나도, 나도! 여기도 다 끝났어."

"그럼 이제 바닥만 청소하면 되는 건가?"

그 모습을 보고 있자니 도진은 새삼 감회가 새로웠다.

"이렇게 있으니까 정말 그냥 같이 일하는 식구 같네요."

"이 정도면 뭐, 한 식구나 마찬가지지."

감상에 젖은 도진의 말에 희준이 씩 웃으며 대답했다.

네 사람은 정리하면서도 괜히 아쉬운 마음에 입을 쉬지 않았다.

"형, 형은 이제 뭐 할 거예요?"

"글쎄, 나는 다시 베이커리로 돌아가려나."

"나는 한국 관광할 거야! 쉬는 김에 푹 쉬어야지."

"헐, 이랑 누나. 좋겠다. 나도 같이 가요."

"김선재, 안 바빠?"

저마다의 계획을 말하고 있는 가운데 도진은 가만히 입을 다물고 세 사람의 이야기를 듣고만 있었다.

정희준이 그런 도진을 향해 물었다.

"도진아, 너는 끝나면 뭐 할 거야?"

"글쎄요. 아직은 잘 모르겠어요. 졸업도 해야 하고…….."

"맞네, 도진이 아직 고등학생이었지? 워낙에 어른스러워 자꾸 잊어버리게 되네."

그렇게 말한 정희준은 도진을 한참 바라보다가 나지막이

'부럽다.'라며 말을 덧붙였다.

도진은 그 작은 소리를 놓치지 않았다.

"뭐가 부러워요?"

"응? 그냥. 도진이는 아직 어려서 앞으로 이렇게 도전할 기회가 훨씬 무궁무진할 테니까. 그런 게 조금 부러워서."

정희준의 말에 도진은 말을 잇지 못했다.

'나도 예전에는 저런 생각을 했었던 때가 있었지…….'

전공과는 전혀 다른 일이었던 요리를 처음 시작했을 때.

나는 어째서 이렇게 늦게 깨달았을까 하는 생각을 가졌던 때가 있었다.

그만큼 놓친 시간이 아까워 더욱 악착같이 일하고, 공부했다.

그런 시간이 있었기에 도진이 어린 나이에도 여러 찬사를 받으며, 결국은 자신의 가게까지 오픈할 기회를 얻을 수 있었다.

도진이 씁쓸한 미소를 짓고 있는 정희준을 향해 말했다.

"형, 기회는 준비된 자에게 찾아온다고들 하잖아요. 제가 아무리 어리더라도, 준비되지 않았다면 이번 같은 기회를 잡을 수 없었을 거예요. 그러니까 우리, 같이 더 힘내요."

희준과 눈을 맞춘 도진은 진심을 담아 말을 이었다.

"언제 어디서 기적 같은 기회들이 찾아올지 모르는 거잖아요."

마치 도진이 생의 끝자락에서, 다시 도전할 수 있게끔 시간을 거슬러 올 수 있었던 것처럼.

기회란 정말이지 언제, 어떤 방식으로 올지 모를 일이었다.

"이제 곧 있으면 결과 발표가 있을 예정인데…… 떨리지 않으세요?"

"떨리는 것보단, 이제 정말 끝이구나 싶어서 아쉬운 마음이 더 먼저 드는 것 같아요."

주방의 청소까지 끝낸 도진은 결과가 집계되는 사이, 마지막 인터뷰를 하고 있었다.

리포터가 도진을 향해 물었다.

"이번 프로그램 출연을 통해 얻게 된 것이 있다면 무엇일까요?"

"음, 글쎄요. 정말 흔히 할 수 없는 여러 경험을 통해서 많은 배움을 얻을 수 있었지만…… 역시 가장 큰 건 좋은 인연들을 만날 수 있었던 점인 것 같아요."

진심이었다.

그저 적당한 유명세와 상금을 노리고 출연하게 된 방송이었는데…….

심사 위원들은 물론이고, 윤 숙수나 김 회장과 같은 생각지도 못한 이들과의 인연까지 얻을 수 있었다.

다른 참가자들과의 유대감은 두말할 것도 없었다.

'이렇게 생각해 보니 정말, 생각 외의 소득들이 너무 만족스러운걸.'

그 후의 인터뷰들도 무난하게 마무리한 도진은 스태프의 안내를 따라 이동했다.

그리고 이내 도착한 스튜디오의 문 앞.

그곳에는 긴장된 표정을 한 백인호가 서 있었고, 도진은 그의 모습에 웃음을 터트릴 수밖에 없었다.

"인호 형! 많이 긴장돼요?"

"어어, 도진이 왔구나. 나 지금 너무 떨려."

뻣뻣하게 몸을 잔뜩 굳힌 백인호는 뚝딱거리는 몸짓으로 도진을 향해 몸을 돌렸다.

몇 번이고 쥐었다 폈다 하는 그의 손은 땀으로 흥건했다.

도진은 미소를 지었다.

'이럴 때 보면 정말 아직 어리긴 하구나.'

비록 지금은 고등학생이지만, 원래 나이로 따지자면 서른을 훌쩍 넘었던 도진은 한껏 긴장한 백인호가 그저 귀엽게 느껴졌다.

"손잡고 같이 들어갈까요?"

도진은 그 말과 함께 백인호의 손을 낚아채고는 문을 힘껏 밀어젖혔다.

천재셰프
회귀하다

"와아아―!"

두 사람의 입장에 스튜디오 2층에서 환호성이 터졌다. 오늘 하루 스태프로서 도움을 주었던 이들의 목소리였다.

'고생 많았다!'부터 시작해서 장난기 가득한 목소리로 '멋있다. 잘 어울린다!' 외치는 그들의 목소리에 도진이 웃음을 터트렸다.

익숙한 목소리에 인호 또한 긴장이 풀린 듯 슬그머니 입꼬리를 올렸다.

"두 사람, 아주 사이좋게 손을 잡고 입장했는데요. 어쨌든 라이벌이라는 거 알고 계시죠?"

도진과 인호는 최석현의 말에 멋쩍은 듯 손을 풀며 심사위원들이 올라가 있는 연단 아래, 중앙에 섰다.

노연우는 두 사람을 한 번씩 쳐다보더니 이내 질문을 던졌다.

"두 사람, 결과 발표를 앞두고 마지막으로 소감 한번 들어볼까요?"

그의 질문에 의외로 먼저 입을 연 것은 백인호였다.

"사실, 여기 나오기까지 많은 고민이 있었는데 역시 나오길 잘했다는 생각이 들어요. 그리고, 음······."

인호는 고개를 들어 2층에서 자신을 지켜보는 익숙한 얼굴들을 지나 심사 위원들, 그리고 마지막으로 도진을 바라보았다.

"제가 워낙에 무뚝뚝하고 표정이 적어서, 인간관계에 있어 어려움이 많았는데 이곳에서 너무 소중한 인연들을 만들게 되었고, 좋은 경험을 통해 한층 더 성장할 수 있었던 것 같습니다. 그래서 우승하지 못한다고 하더라도 후회 없는 경험으로 남을 수 있을 것 같습니다."

흔치 않게 쉬지 않고 긴말을 토해 낸 인호가 숨을 몰아쉬었다.

이내 바통을 이어받은 도진도 잠시 고민하더니 입을 열었다.

"저도 마찬가지인 것 같아요. 무엇보다 여러분들을 만나고, 생각지도 못한 많은 사랑을 받을 수 있어서 잊지 못할 추억이 될 것 같습니다."

그리고 잠시 인호를 바라본 도진이 장난스레 웃었다.

"물론 저는 이겨서 더 좋은 추억으로 남길 수 있으면 좋을 것 같아요."

그 말에 인호가 당황한 듯 허둥지둥했다.

"아니, 나, 나도 당연히 이기면 더……."

평소와 다름없는 인호의 모습에 모두가 웃음을 터트렸다.

스튜디오는 순식간에 화기애애한 분위기가 되었고, 그 분위기에 걸맞게 노연우가 한마디를 더 얹었다.

"여기에 있는 여러분 모두 촬영을 거치며 많은 성장을 했습니다. 그리고 앞으로도 더 많은 성장을 하게 될 것이라고 믿어 의심치 않습니다."

참가자들과 한 번씩 눈을 맞추며 진심을 전한 그는 이내, 도진과 인호를 바라보며 손에 쥔 봉투를 열었다.

"그럼 이제, 최종 우승자. 발표하겠습니다."

심사 위원들의 점수가 동점이었기 때문에 결과를 좌지우지하는 것은 총 서른 명의 일일 평가단의 투표.

그 투표의 결과가 노연우의 손안에 있었다.

그는 봉투 안의 큐 카드를 꺼내, 내용을 확인하고는 알 수 없는 표정을 지었다.

스튜디오는 적막한 채 긴장감이 감도는 가운데.

드디어 노연우의 입이 열렸다.

"우승자는……!"

우승자 발표가 끝난 뒤.

도진은 지친 몸을 겨우 이끌고 드디어 집으로 돌아올 수 있었다.

"다녀왔습니다."

중간중간 휴식할 시간이 있기는 했어도, 방송이 진행되는 와중이었기에 맘 편히 쉴 수는 없었다.

그 때문에 몇 달 만에 제대로 된 휴식을 취할 수 있게 된 도진은 금방이라도 침대로 뛰어들고 싶었지만…….

눈을 빛내며 자신을 기다리고 있었던 어머니의 모습을 차마 못 본 척할 수 없었다.

도진은 금세 피곤한 기색을 감추고는 입을 열었다.

"잘 지내셨죠?"

"어유, 그럼. 물론이지! 우리 아들은? 잘 지냈고?"

"도진이 왔나."

"오빠! 뭐야! 언제 왔어!"

늦은 밤이었음에도 어느새 거실에 모인 온 가족은 도진을 중심으로 서로의 안부를 나누었다.

어머니와 도희는 궁금한 게 어찌나 많은지 쉴 틈 없이 질문을 쏟아 냈다.

그에 도진은 '천천히 물어봐.'라고 말하면서도 하나하나 모두 대답해 주었다.

그러다 문득.

'뭔가, 이상한데?'

이제 촬영은 모두 끝난 건지, 마지막 방송은 언제인지, 다른 참가자들과도 꾸준히 연락하기로 했는지 등…….

온갖 것을 물어보면서도 결승이 어찌 되었는지는 묻지 않았다.

'혹시 착각하고 있는 건 아니겠지?'

그런 생각을 하자마자 아니나 다를까.

도희가 넌지시 위로의 말을 꺼냈다.

"괜찮아 오빠. 이거 좀 지더라도 큰 문제는 없으니까."

"그럼, 물론이지. 준우승도 잘한 거야."

어머니 또한 동조하며 도진의 어깨를 토닥였다.

그런 두 사람의 모습에 머쓱해진 도진은 차마 아무 말도 하지 못했고…….

조심스레 주머니에서 작은 폴라로이드 사진 한 장을 꺼내 두 사람에게 들이밀었다.

"이게 뭐니?"

사진을 받은 어머니가 잘 보이지 않는 듯 눈을 찌푸렸다.

"뭔데? 뭔데?"

궁금증을 참을 수 없다는 듯 안절부절못하던 도희가 결국 어머니의 손에 든 폴라로이드 사진을 건네받았다.

그리고 이내.

"뭐야! 이거 진짜야?"

도희는 아닌 밤중에 집안이 떠나가라 소리를 질렀다.

그녀의 목소리에 깜짝 놀란 부모님도 '도대체 뭔데 그러냐.'며 잇따라 사진을 확인했고…….

그들도 깜짝 놀라 입을 떡 벌릴 수밖에 없었다.

사진 속 도진은 심사 위원들과 참가자들의 가장 중앙에 선 채 상금이 적힌 팻말을 들고 있었다.

오밤중에 도진의 우승 사실을 알게 된 가족들 사이에서는 한바탕 크게 소란이 일었다.

"아니, 왜 말 안 했어! 대박!"

"어머, 정말, 진짜! 정말 말을 하지 애!"

도희와 어머니는 자기가 했던 착각이 머쓱한지 괜히 더 크게 반응하며 도진에게 축하를 건넸다.

곁에서 듣고만 있던 아버지는 '내 그럴 줄 알았다. 내 아들이면 당연히 우승이지.'라며 말을 보탰지만…….

글쎄, 그게 정말인지는 아무도 알 길이 없었다.

도진은 문득 터무니없는 오해가 어쩌다 생긴 건지 궁금해졌다.

"그런데 도대체 왜 내가 준우승했으리라 생각한 거예요?"

"도진이 네가 들어오는데, 표정이 너무 안 좋기에……."

"나도, 나도. 그래서 일부러 오빠한테 결과 어떻게 됐는지 안 물어보고 있었는데 너무 궁금해서 나도 모르게 입 밖으로 나와 버렸어."

그 말에 도진은 자신이 그렇게 표정 관리가 안 되었었나 싶은 생각에 되물었다.

"내가 그렇게 표정이 안 좋았어?"

"어! 나는 무슨 나라 잃은 사람인 줄 알았잖아."

"많이 피곤해서 그랬나 봐. 아무래도 오늘 온종일 신경이 곤두서 있어서."

아무리 도진이 긴장을 잘 하지 않는다고 하지만, 마지막 미션인 데다가 시청자들에게 식사를 내야 했기에 더욱 예민한 상태가 유지됐을 터였고…….

그 와중에 익숙하고 편한 집에 돌아오니 저도 모르는 사이에 긴장이 풀려 지친 표정이 그대로 드러난 듯했다.

"오늘은 먼저 들어가 볼게요. 다들 축하해 줘서 정말 고마워요."

"그래, 얼른 들어가서 쉬렴."

"오빠, 잘자! 내일 백인호랑 전화시켜 줘! 알겠지?"

짐을 챙겨 들고 방으로 들어가는 그의 뒷모습에 대고 도희가 알 수 없는 말을 해댔지만, 도진은 애써 들리지 않는 척을 했다.

짐을 정리하곤 개운하게 씻고 방으로 돌아온 도진은 곧장 침대로 향했다.

털썩-.

침대에 쓰러지듯 몸을 뉘인 도진이 숨을 크게 내뱉었다.

"하…… 이제 진짜 끝이구나."

그렇다고 해도 막상 실감은 나지 않았다.

아직 마지막 방송 전이었기에 도진의 우승 사실은 가족들을 제외하고 아무에게도 말하지 못했다.

물론 지금 학교는 방학이었고, 크게 밖을 나돌아다니는 성격도 아니었기에 어디 이야기할 곳도 없기는 했지만……

돌아오는 반응이 없다 보니 우승했다는 사실도 크게 체감이 들지 않았다.

그저 '서바이벌 국민 셰프'가 진짜 끝났다는 것을 느낄 수 있는 것은 단 한 가지.

고개를 돌리면 있던 인호 형이 없었다.

방송 촬영 중 거의 항상 같은 방을 써 왔기 때문에 정말 고개만 돌리면 볼 수 있는 얼굴이었는데…….

이제는 이 방안에 도진 홀로 있었다.

함께 숙소를 쓰며 시끌벅적했던 일들도 이젠 다시 돌아오지 않는구나 싶은 마음에 괜히 적적해진 도진은 핸드폰을 들었다.

그리고 검색 창에 '김도진'을 입력했다.

동명(同名)의 연예인이 주가 된 내용들 사이에서 드문드문 도진에 관한 이야기들도 찾아볼 수 있었다.

서바이벌 국민 셰프 결승, 백인호와 김도진. 과연 우승은 누가 차지하게 될 것인가 시청자들의 귀추가 주목되어……

믿을 수 없는 재능의 축복, 혜성처럼 나타난 고등학생 셰프.

천재 셰프
회귀하다

요리 서바이벌 프로그램의 예상된 흥행? 유행으로 이어질 것인가.

도진의 이야기뿐만 아니라 프로그램 흥행에 관한 말들도 많이 보였다.

기사뿐만이 아니었다.

블로그에는 자신은 물론 다른 참가자들을 응원하는 여러 글이 있었다.

그리고 이번 시청자 일일 평가단 미션에 참여했던 이들이 올린 후기 글들도 여럿 볼 수 있었다.

'이거, 챙겨 가셨구나.'

도진은 자신이 만들었던 메뉴 책자의 사진을 찍어 올린 글을 발견하고 미소를 지었다.

셰프들이 보는 세계를 엿본 기분, 너무 기분 좋은 경험이었다. 언젠가 기회가 된다면 꼭 다시 한 번 더 이 책자를 만든 셰프의 요리를 맛보고 싶다.

예상치 못하게 발견한 기분 좋은 내용의 후기에 도진은 슬며시 올라가는 입꼬리를 주체하지 못했다.

도진은 그중 한 문장을 입 밖으로 소리 내어 읽으며 다시금 되새겼다.

"꼭 다시 한 번 더 이 책자를 만든 셰프의 요리를 맛보고 싶다."

칭찬하는 수많은 말들 가운데, 도진을 가장 기쁘게 하는 한마디였다.

마지막 촬영이 끝난 지 일주일이 지난 시점.

도진은 어제의 일을 회상했다.

"그러니까 얼마라고?"

"2억 조금 안 되게 들어왔어요."

정확히는 세금을 제외하고 1억 5,600만 원.

고등학생의 신분인 도진이 가지고 있기에는 적지 않은 돈이었다.

그렇기에 도진은 당연히 부모님께 상의해 보았지만.

"알아서 쓰거라."

"정말 그래도 되나요? 하지만 너무 큰돈이라…….."

"네가 직접 벌어 온 돈이다. 너를 위해 썼으면 좋겠구나."

몇 번이나 되물었음에도 결국은 '낭비도 해 보면서 돈 쓰는 법을 배우는 것 아니겠냐.'며 한결같은 대답이 돌아왔다.

도진은 그렇게 지난번 요리 대회에서 받은 상금과 서바이벌 국민 요리장을 통해 받게 된 상금까지.

결국 도진의 통장에는 2억이 조금 안 되는 큰 금액이 들어오게 되었다.

'이걸 어떻게 써야 잘 썼다고 소문이 나려나.'

갑작스럽게 들어오게 된 큰돈의 사용처를 정하지 못한 도진은 결국 결정은 우선 나중 일로 미뤄 두기로 했다.

'바로 안 쓴다고 돈이 도망가는 것도 아니고……'

지금 당장은 우선 늦지 않는 게 중요했다.

늦은 저녁.

몇 번의 버스를 갈아타고 쉴 틈 없이 바쁘게 걸음을 움직인 도진은 드디어 목적지에 도착했다.

그의 눈앞에 보이는 커다란 한 채의 빌딩.

다름 아닌 '서바이벌 국민 셰프'의 촬영이 진행되었던 KTBN 방송국 건물이었다.

도진은 익숙하게 걸음을 옮겨 스튜디오로 향했다.

그리고.

"도진이 왔어?"

"역시, 주인공은 가장 마지막에 등장하는 법인가!"

"아 뭐야, 그런 거야? 그럼 나도 늦게 올걸!"

그곳에는 반가운 얼굴들이 기다리고 있었다.

"다들 잘 지냈어요?"

"도진! 일주일밖에 안 됐는데 너무 오랜만에 보는 것 같아."

"저도 그래요, 매일 보다가 못 봐서 그런 것 같아요."

자리를 박차고 일어나 자신을 반기는 이랑의 말에 대답하며 그녀의 옆에 앉은 도진은 시간을 확인했다.

9시 45분.

'서바이벌 국민 셰프'의 마지막 방송이 시작되기 15분 전.

그 주인공들이 한자리에 모여 있었다.

서로의 안부를 묻는 동안, 어느새 광고가 끝나고 방송의 오프닝 화면이 시작되었다.

정신없이 미선을 해 나가기 직전만 해도 이렇게 다 함께 모여 촬영분을 모니터링하곤 했었는데…….

이렇게 TV 앞에 둘러앉아 있는 것도 오랜만이었다.

마지막 방송은 정말 촬영분을 꽉꽉 눌러 담은 듯 알차게 진행되었다.

─방송으로만 보던 요리들을 이렇게 직접 먹어 볼 수 있게 될 거라고는 생각지도 못했는데, 너무 신기해요.

─진짜 맛있었어요! 돈 내고 먹어야 할 거 같은데, 어느 코스에 투표할지 너무 고민돼요.

일일 평가단으로 온 시청자들의 인터뷰는 물론이고…… 참가자들의 마지막 인터뷰까지.

─원래는 제가 우승하려고 그랬는데, 두 사람 이번만 봐 드리는

천재 셰프
회귀하다

겁니다.

김선재는 자신의 인터뷰 장면이 유독 길게 나오자 당황한 기색이 역력했다.

"아니, 도진아, 인호 형. 그 내가 한 말 다 장난인 거 알지?"

"그렇구나, 선재 형이 봐준 거였구나."

"그렇구나, 선재가 우리를 많이 봐줬구나……."

"아, 잠깐만! 아냐! 그거 아니야!"

말하지 않아도 장단이 잘 맞는 두 사람이 당황한 김선재를 놀리는 모습은 모두를 웃게 했다.

그리고 가장 마지막.

─너무 좋은 사람들을 만나고, 새로운 여러 경험을 할 수 있어서 정말 다시없을 추억이 된 것 같아요. 앞으로의 인생에 또 이런 반짝 거리는 기억들이 생길 수 있을까요?

정다은의 인터뷰에서는 모두가 먹먹한 마음을 숨기지 못했다.

"아우, 뭐야 진짜……."

"나도 너무 좋았어."

저마다 같은 마음이었다며 고백하는 이들에 정다은은 쑥스러운 듯 발갛게 익은 얼굴을 손으로 감춘 채 한참 동안 고개를 들지 못했다.

그렇게 어느새 방송은 막바지를 달리고 있었다.

마지막 방송을 보며 감동에 차오르고 있었던 것은 참가자들뿐만이 아니었다.

고등학생은 방송이 시작되는 10시 이전부터 일찌감치 TV 앞에서 대기하고 있었다.

그리고 이내 시작된 방송과 함께 일희일비가 이어졌다.

일일 평가단으로 나오게 된 어머니가 화면에 비칠 때는 말 그대로 웃음이 빵 터졌다.

그리고 연달아 나오는 자기 모습에 기겁하며 TV를 가리자 엄마는 고등학생을 보고 웃으며 말했다.

"그런다고 잘도 가려지겠다, 얘."

"어우, 엄마 나 진짜 왜 저래. 좀 말리지 그랬어!"

"얼마나 말렸는데!"

그러기도 잠시, 이어지는 주방의 열기 넘치는 상황들과 도진의 모습을 통해 도진이 어떤 코스를 만들었는지 확인한 고등학생은 만족스러운 미소를 띠었다.

"역시나! 해냈다! 도진이일 줄 알았어……!"

고등학생은 그렇게 참가자들과 함께 울고 웃었다.

모두가 속마음을 인터뷰할 때는 가관이었다.

　-앞으로의 인생에 또 이런 반짝거리는 기억들이 생길 수 있을
까요?

정다은의 인터뷰에 고등학생은 감동이라도 받은 듯 눈물
이 그렁그렁해졌다.
그 모습에 엄마가 '청춘이다, 청춘이야.'라면서 혀를 찰 지
경이었다.
모두의 인터뷰 장면이 끝나고, 드디어 우승자 발표만을 남
겨둔 상황.

　-우승자는……!

긴장감이 넘치는 상황, 참가자들 사이에서는 정적이 흘렀
고 그건 보고 있는 이들을 긴장하게 만들기 충분했다.
꿀꺽-!
마치 자신이 시험대에 오른 것처럼 긴장해 침을 삼킨 고등
학생은 눈알이 빠져라 노연우의 말이 이어지기를 기다렸고.

　-김도진 씨! 축하드립니다!

이내 환호성을 지를 수밖에 없었다.

"와아—! 엄마 대박, 대박! 봤어? 도진이가 일등이래!"

"누가 보면 네 친구인 줄 알겠다."

—총 서른 명의 일일 평가단 중 스물두 명의 투표를 받아 우승하게 되었으며…….

노연우는 쉬지 않고 우승자 상금과 보상에 대한 멘트를 이어 갔으나 고등학생의 귀에는 전혀 들리지 않았다.

그저 자신이 응원하던 이가 우승을 했다는 것에 기쁨만이 차올랐다.

그리고 이내.

클로징 멘트와 함께 방송이 끝나자 순식간에 현실로 돌아왔다.

"아, 이제 뭐 보고 살아야 하나……."

방으로 돌아온 고등학생은 괜히 마음이 헛헛해져 핸드폰을 들었다.

아쉬움을 느끼고 있는 것은 그녀뿐만이 아니었다.

방송이 끝난 뒤 후기를 보기 위해 자주 들어갔던 익숙한 사이트에는 마지막 방송에 관한 이야기들이 넘쳐났다.

[new]왜 벌써 막방이야? 이거 맞아?

[new]와 진짜, 다들 너무 멋있었다ㅜ 최고야ㅜ

[new]오랜만에 진짜 재미있는 서바이벌 예능이었다.

자신과 같은 심정을 한 이들의 글을 훑어보던 고등학생은 문득.

자신의 눈을 의심하는 글을 발견했다.

[new]서바이벌 국민 셰프 후속작으로 새 예능 들어간다는 것 같은데?

도저히 지나칠 수 없는 제목에 게시 글을 눌러 확인한 내용에 고등학생은 '헉.' 하고 숨을 들이켰다.

믿을 수 없다는 듯 몇 번을 다시 확인해도, 핸드폰 안에 떠 있는 글자는 그대로였다.

"후속작…… 김도진 출연 확정……?"

청춘 셰프

"다들 조심히 들어가세요!"
"고생하셨습니다. 나중에 연락해요."
마지막 방송을 시청하는 모습에 대한 촬영이 끝난 뒤.
늦은 새벽까지 저마다의 회포를 풀던 참가자들은 아쉬운
마음을 뒤로한 채.
드디어 한둘씩 집으로 돌아가기 시작했다.
미성년자였던 도진은, 유일하게 술을 마시지 않았기에 마
지막까지 남아 비틀거리며 택시를 잡아서 떠나는 이들을 배
웅했다.
'나도 이제 슬슬 가 볼까.'
모두를 떠나보낸 뒤 집으로 가기 위해 택시를 잡으려던 도

진은 어디선가 '도진 씨!'라며 급히 자신을 부르는 목소리에 뒤를 돌아보았다.

"도진 씨! 잠시만! 잠시만요!"

그를 부른 것은 다름 아닌 김 PD였다.

김 PD는 급히 뛰어왔는지 숨을 헐떡거리며 몰아쉬느라 쉬이 말을 잇지 못했다.

간신히 숨을 고른 김 PD가 입을 열었다.

"도진 씨, 잠깐 얘기 좀 할 수 있을까요?"

"물론이죠. 무슨 일인가요?"

김 PD는 밖은 춥다며 도진을 데리고 편집실로 향했다.

그가 이끄는 대로 걸음을 옮기던 도진은 이리도 급히 자신을 붙잡은 김 PD의 의중이 궁금했다.

그리고 드디어 입을 연 김 PD의 말에 도진은 놀랄 수밖에 없었다.

"네? 후속작요?"

"뭐 따지자면 그런 느낌이죠."

김 PD는 도진에게 하나의 제안을 했다.

서바이벌 국민 셰프의 *스핀오프(*인기 영화 텔레비전 시리즈 등 의 파생 상품).

그것에 출연해 볼 생각이 없냐고.

'확실히 지금 당장은 다른 뭔가를 할 일정이 없긴 한데…….'

의외였다.

이런 후속작이 생길 정도라면, 방송국 측에서 분명 밀어준다는 얘기인데.

'우리 방송이 그렇게 시청률이 높았었나.'

도진은 잠시 고민하다 김 PD에게 물었다.

"그럼, 정확히는 어떤 방송인가요?"

"스핀오프 격으로 만들어지는 프로그램이니만큼 서바이벌 국민 셰프의 참가자들이 출연하게 될 예정입니다."

그렇게 말을 시작한 김 PD는 청산유수로 설명하기 시작했다.

후속작의 가제는 청춘 셰프.

떠오르는 젊은 셰프들이 전국 각지를 여행하며 그곳의 맛을 찾아 떠나는 여행.

그야말로 청춘 예능 그 자체였다.

"그럼 혹시 출연하기로 얘기가 된 사람들이 있나요?"

"저희는 일단 희준 씨랑 도진 씨, 인호 씨 세 분을 모실 생각입니다만……."

김 PD가 잠시 머뭇거렸다.

그도 그럴 것이.

정희준의 경우는 그나마 쉽게 컨택이 된 편이었다.

제안을 받은 그는 흔쾌히 '좋습니다.'라며 말한 그는 일사천리로 계약서를 확인하고 도장까지 그 자리에서 찍었다.

하지만 백인호의 경우는 몇 번이고 질문하며 고민하더니.

"그럼 도진이가 출연한다고 하면 저도 할게요."

그 때문에 김 PD는 무조건 도진을 캐스팅해야만 했다.

그래서 고민하는 듯 물어보는 도진의 질문에 침을 '꿀꺽-.'삼킬 수밖에 없었다.

"다른 분들은 흔쾌히들 수락했습니다!"

김 PD는 속으로 생각했다.

'아니 뭐, 인호 씨도 도진 씨가 나온다 그러면 나온다고 흔쾌히 말하긴 했으니까…….'

조금 양심의 가책이 느껴지긴 했지만, 어쩔 수 없는 노릇이었다.

하지만 뛰는 놈 위에 나는 놈이 있다고.

도진은 그런 김 PD의 속을 훤히 들여다보고 있었다.

"PD님, PD님은 거짓말할 때, 되게 빠르게 눈을 깜빡이는 거 아세요?"

씩 웃으며 말하는 도진의 모습에 김 PD가 사색이 되었다.

"아니, 그게…….'

말을 더듬으며 땀을 닦는 시늉하는 그의 모습에, 도진이 '솔직하게 말해 보시죠.'라며 기세등등한 표정을 했다.

김 PD는 결국 이실직고할 수밖에 없었다.

"인호 씨가 도진 씨가 출연하면 하겠다고 해서…… 아니 근데 희준 씨는 정말 흔쾌히 수락했어요! 진짜입니다!"

자기가 잘못했다며 싹싹 비는 김 PD의 모습에 도진은 되레 당황했다.

장난으로 말을 던진 것뿐인데 무릎까지 꿇어 가며 간절하게 말할 줄은 몰랐던 탓이었다.

"PD님! 진정, 진정하세요! 할게요! 방송 출연할 테니까!"

울상을 하며 얘기하는 김 PD의 모습에 도진은 다급히 그를 일으키기 위해 출연한다는 말을 해 버렸고…….

김 PD는 덥석 도진을 안고는 연신 '고마워요.'라는 말을 반복했다.

도진은 그런 김 PD의 모습에 숨을 돌렸다.

'진짜, 너무 당황했는걸.'

자신에게 안겨 있는 김 PD를 토닥이던 도진은 그가 자기 어깨 너머에서 미소를 짓고 있으리라는 것은…….

"고마워요, 도진 씨!"

상상도 못 할 일이었다.

'진짜 고마워요, 도진 씨.'

편집실 구석에 달린 카메라는 녹화 중이라는 것을 알리듯 빨간 불이 들어오고 있었다.

도진과 김 PD의 모든 모습이 녹화되고 있었다는 뜻이었다.

'이거, 컷 하나 나왔겠는데.'

뛰는 놈 위에 나는 놈.

김 PD는 확실히 나는 놈이었다.

도진은 무언가 조금 낚인 듯한 기분을 감출 수가 없었다.

집에 돌아와 며칠 뒤.

다시 떠날 짐을 싸면서도 도진은 '이게 맞나?'라는 생각이 들었다.

그도 그럴 것이.

너무 당황해서 급히 출연을 약속해 버리는 바람에 자세한 일정이나 출연료.

그리고 방송 포맷에 대해서 제대로 들을 시간이 없었기 때문이다.

김 PD는 마지막으로 '서바이벌 국민 셰프'의 제작 과정과 후기 방송이 끝나면 바로 다음 주부터 방영해야 해서 정신이 없다는 것을 몇 번이고 강조했다.

그러면서 자세한 얘기는 촬영 당일 모두 모이면 설명하겠다고 얼버무렸다.

아무리 생각해도 무언가 속는 느낌이 아닐 수 없었다.

하지만 이미 약속을 해 버린 걸 어떡하겠는가.

'내가 이런 실수를 하게 될 줄이야.'

도진은 착잡한 심정을 뒤로한 채 짐을 챙겨 집을 나설 준비를 했다.

"들어온 지 뭐 얼마나 됐다고 또 나가니."

어머니는 그런 도진을 보며 내심 아쉬운 마음을 드러냈다.

고생한 아들에게 조금이라도 더 많이 따뜻한 밥을 먹이고 싶은 게 어머니의 마음이었으나…….

그럴 틈도 없이 또 촬영을 위해 나가야 한다니.

"우리 아들, 너무 바쁜데? 이러다 연예인이 다 되는 거 아니야?"

장난스러운 말에 숨긴 아쉬움은 얼굴에서 드러났다.

도진은 그런 어머니의 모습에 떠나려던 문 앞에서 잠시 머뭇거렸다.

잠시 고민하는 듯한 표정을 한 도진은 이내, 나이를 먹고 처음으로 어머니를 안았다.

잘 하지 않던 행동에 머쓱해진 도진은 급히 포옹하고 있던 팔을 풀어 집을 나섰고, 그의 뒤로 어머니가 크게 소리 높여 '잘 다녀와!'라며 외쳤다.

목소리에는 어쩐지 한가득 기쁨이 보이는 듯했다.

'아, 너무 어색했던 것 같은데.'

어릴 때 언제나 어머니의 품에 안겨만 보았지, 이렇게 직접 어머니께 포옹한 것은 처음이었다.

괜히 어딘가 어색하진 않았을까 하는 걱정을 뒤로한 채 도진은 급히 이동했다.

"다들 도착했으려나."

이내 도진이 도착한 곳은 다름 아닌 광명역 앞.

북적거리는 스태프들의 모습에 도진은 금방 알아차릴 수 있었다.

'저긴가 보네.'

도진은 빠르게 발걸음을 놀려 그 틈새로 파고들며 인사를 건넸다.

"안녕하세요."

"도진아! 왔어?"

정희준과 백인호는 이미 도착해서 마이크를 착용하며 촬영 준비에 정신이 없었다.

분주해진 건 도진도 마찬가지였다.

"도진 씨! 이리로 와요!"

자신을 이끄는 막내 작가를 따라 마이크를 착용하며 몰아치는 설명에 도진은 쉬이 정신을 차릴 수 없었다.

"그리고 마지막으로, 현금이나 카드는 저희가 챙길게요."

"네? 그건 왜요?"

"촬영 중에는 사비 쓸 일 없을 거예요. 혹시나 뭐 필요한 거 있으면 저희한테 따로 말씀해 주시면 됩니다!"

"아, 네. 여기 있습니다."

빠르게 진행된 일들에 도진은 경황없이 막내 작가에게 지갑을 건넸다.

그러고는 이내.

뭔가 잘못되었음을 깨달았다.

'아무리 쓸 일이 없다고는 해도……. 이걸 왜 거둬 가는 거지?'

하지만 그런 것을 물어볼 틈조차 없었다.

"자, 준비 끝났으면 오프닝 촬영 들어가겠습니다!"

"각자 위치로!"

"거기! 조명 카메라에 걸려요. 위치 조정해 주세요!"

광명역 앞 광장에 나란히 선 세 사람.

그 모습은 심히도 어색했다.

"자, 다들 인사는 생략하도록 하겠습니다."

김 PD는 능숙하게 진행을 이어 갔다.

"이렇게 모여 준 세 사람에게 우선 너무 감사하다는 말 먼저 전하겠습니다. 여러분이 아니었다면 프로그램이 성사되는 일도 없었을 겁니다!"

"세 분은 앞으로 한 달 동안, 전국 각지를 돌며 맛을 찾아 떠나는 미식 여행을 하게 될 겁니다. 셰프의 시선으로 맛을 탐구하는 것이 프로그램의 취지이고 제목은 가제 그대로 '청춘 셰프'로 방영될 예정입니다."

도진은 김 PD의 설명을 듣고 있다가 조심스레 물었다.

"저 PD님, 그럼 저희 이동은 계속 기차로 하게 되는 건가요?"

그의 질문에 김 PD가 씨익 웃었다.

"좋은 질문입니다. 세 분, 뒤돌아보시겠어요?"

기다렸다는 듯이 대답한 김 PD의 말에 도진과 인호, 희준은 동시에 고개를 돌려 뒤를 확인했고.

이내 믿을 수 없다는 듯 몸을 돌려 다시금 자신들이 본 것이 맞는지 확인했다.

"이게, 이게 뭐예요?"

도진은 믿을 수 없다는 듯 눈을 비볐다.

"여러분이 보시는 그대로입니다!"

당황한 세 사람의 모습에 만족스러운 듯한 표정을 지은 김 PD는 희준을 향해 물었다.

"희준 씨, 운전할 수 있다고 그랬죠?"

"운전이야 할 수 있기는 한데……."

정희준은 머뭇거리며 말을 잇지 못했다.

그도 그럴 것이.

세 사람의 눈앞에 있는 차는 다름 아닌 푸드트럭이었기 때문이다.

"괜찮아요. 저희가 다 알아봤습니다. 희준 씨는 할 수 있을 겁니다!"

정희준의 어깨에 무거운 짐을 올려 둔 김 PD는 타들어 가는 그의 속도 모른 채 다시 한번 청천벽력 같은 소식을 전했다.

"여행의 경비는, 여러분이 직접 벌어서 쓰시면 되겠습니다!"

천재셰프
회귀하다

도진은 김 PD의 말에 정신이 아득해지는 것을 느꼈다.

'이게, 이게 무슨 일이지.'

미식 여행이라기에 크게 문제없을 줄 알았는데.

말 그대로 눈 뜨고 코 베어 가는 것이 방송국 놈들이었다.

우여곡절 끝에 시작된 여행.

세 명의 참가자는 김 PD가 안내한 주소를 따라 맛의 도시 전주로 향했다.

"푸드트럭은 처음 운전해 보네."

세 사람은 옹기종기 앞자리에 모여 앉아 이야기를 나눴다.

방송에 출연하기로 마음먹은 일부터 시작해서, 어쩌다 일이 이렇게 되었는가 하는 한탄, 앞으로 어떻게 해야 하는지까지.

그러다 도진이 문득 깨달은 듯 의문을 던졌다.

"그런데 우리 초반에 장사 시작은 어떻게 하는 거예요? 재료 살 기초 자금도 없잖아요."

"어, 그러게. 진짜 그건 어떻게 해야 하는 거지?"

정희준이 도진의 의문에 동조하며 'PD님한테 전화라도 해 볼까?' 물었고…….

이내 도진은 고민 없이 전화기를 들어 김 PD에게 전화를 걸었다.

"PD님, 저희……!"

무언가 협상할 수 있겠다는 생각에 기세 좋게 입을 연 도진의 말이 채 끝나기도 전.

김 PD가 먼저 선수를 쳤다.

–보조석 앞 서랍을 열어 보시면 봉투 하나가 있을 겁니다. 거기에 필요한 기초 자금이 들어 있고, 그 돈은 빚으로 쳐서 추후 푸드트럭 수익으로 갚으시면 됩니다!

김 PD는 자기 말만 '와다다' 쏟아 내고는 전화를 끊었다.

정적이 흐르는 차 안.

백인호가 조심스럽게 입을 열었다.

"우리가 할 말을…… 어떻게 안 걸까?"

"그러게, 뭐지?"

"김 PD님 뭐야, 예지력 뭐 그런 거야?"

차 안의 모든 일들이 실시간으로 제작진에게 중계되고 있을 것이라고는 생각지도 못하는…….

그야말로 방송 초보들이었다.

도진은 김 PD의 말대로 보조석 앞 서랍에서 하얀색 봉투를 찾아냈다.

"이건가 봐요. 현금으로 오십만 원."

봉투를 열어 금액을 확인한 도진은 잠시 고민에 빠졌다.

운전은 세 사람 중 유일하게 면허가 있는 정희준이 맡아서 하기로 했다.

그렇다면 돈은…….

"돈은, 누가 관리할까요?"

도진의 말에 정희준의 고개가 자연스럽게 백인호를 향했다.

그리고 이내 고개를 절레절레 저었다.

그 모습을 본 도진은 말하지 않아도 느낄 수 있었다.

'음, 희준이 형. 나랑 같은 생각인가 보군.'

백인호는 크게 부족함 없이 자란 탓인지 금전 감각이 조금 부족했다.

나쁜 뜻은 아니었다.

그만큼 재료에 있어 좋은 것들을 아낌없이 사용할 것이라는 말이었다.

다만…….

세 사람에게 주어진 돈은 단 오십만 원뿐이었다.

'이걸로 우리가 먹을 건 물론이고 숙소랑 재료비까지 조달해야 한다면 턱없이 모자라겠지.'

도진은 만약 이걸 인호에게 맡긴다면 어떻게 될지 생각해 보았다.

앞뒤 생각하지 않고 재료비에 올인해 결국 차에서 하룻밤을 보내게 될 것이 눈앞에 훤했다.

'그렇게 될 순 없지.'

그런 결론에 다다른 도진은 결국 본인이 나서기로 했다.

"이건 제가 맡아서 관리할게요."

양손으로 소중히 쥔 돈 봉투가 유독 하얗게 빛나는 듯했다.

희준과 도진이 얼굴을 마주하고 고개를 끄덕였다.

"응? 왜? 나도 할 수 있어."

모든 것은 백인호가 제대로 상황을 파악하기 전, 매우 짧은 찰나에 이루어진 일이었다.

그렇게 한 바탕의 소동이 지나간 이후.

갑작스럽게 출발하게 된 세 사람은 대략 200킬로의 거리를 달려 전주로 향하고 있었다.

중간 정도 달려왔을 무렵.

세 사람은 허기를 달랠 겸 휴게소에 들러 식사를 하며 앞날에 대한 회의를 시작했다.

"저희 그럼 뭘 팔아야 하는 걸까요?"

"그러게, 근데 일단은 숙소라도 먼저 알아봐야 하지 않을까?"

도진과 희준이 식사보다 회의에 열중하고 있을 무렵.

조용히 밥을 먹으며 듣고만 있던 인호가 입을 열었다.

"PD님한테 물어보면 되는 거 아니야?"

그의 말에 두 사람은 망치로 머리라도 맞은 듯한 표정이 되었다.

"그러게, 우리가 그걸 왜 생각 못 했지?"

"정말요. 아까의 그 배신감이 너무 커서 생각지도 못했나 봐요."

세 사람에게 주어진 정보량은 극히 적었다.

알고 있는 것이라고는 그저 적국 각지를 돌아다니게 될 예정이라는 것.

여행 경비는 푸드트럭을 통해 직접 벌어야 한다는 것.

그리고 마지막으로, 세상에는 믿을 놈 하나 없다는 것.

도진은 다시 한번, 본인이 총대를 메기로 했다.

"제가 전화해 볼게요. 잠시만요."

몇 번의 신호음이 울린 끝에 김 PD가 전화를 받았다.

-네, 여보세요.

"PD님, 아무리 생각해도 저희가 너무 아무것도 모르고 있는 같아서요. 푸드트럭은 처음이라 분명 어떻게 사용해야 하는지도 잘 모르는 데다가, 당장 숙소는 어떻게 잡아야 하고……."

도진은 만반의 준비를 한 듯 속사포같이 말을 쏟아 내었지만, 그에 당황할 김 PD가 아니었다.

김 PD는 도진이 순간 흐름을 놓친 틈을 타 주도권을 빼앗아 왔다.

─아유, 걱정하지들 마세요. 당연히 저희가 다 준비해 뒀죠. 우선 안내해 드린 주소대로 가면 게스트하우스 하나가 나올 겁니다. 예약과 금액은 오늘 첫날이니까, 저희가 모두 처리해 뒀고요. 거기 가면 오늘 하루 동안 여러분이 푸드트럭을 완전 정복할 수 있도록 도와줄 분이 기다리고 계십니다!

쉴 틈 없이 이어진 김 PD의 말에 도진은 한 차례 더 무력감을 느낄 수밖에 없었다.

"PD님은, 다…… 다 계획이 있으시네요."

도진의 한껏 허탈한 목소리를 들은 김 PD는 껄껄거리며 웃었다.

─그럼 혹시 뭐 더 궁금한 거 있으신가요? 없으면 통화 마무리하겠습니다.

"네, 네. 괜찮습니다."

─혹시 더 궁금한 거 있으시면 언제든 연락 주세요!

레몬을 한가득 머금은 듯 상큼하게 말하며 전화를 끊는 김 PD의 목소리에 도진은 완벽한 패배감을 느꼈다.

"이걸로 2 대 0인가."

"완전히 졌어요. 저는 이제 더 이상……."

정희준이 울먹거리는 도진을 품에 안고 토닥거리며 위로했다.

어쩔 수 없이 이미 수렁에 빠져 버린 세 사람이었다.

"이렇게 된 거, 빨리 움직이자. 더 늦어지면 해 떨어지겠어."

겨울의 해는 짧았다.

12시가 다 되어 가는 시간.

푸드트럭에 조금이라도 더 익숙해지려면 최대한 일찍 도착해서 더 많은 것을 배우는 수밖에 없었다.

쉴 틈 없이 지나가는 창밖의 모습을 지나서 도착한 전주 외곽의 한적한 곳.

"여기가 맞아요?"

"지도상으로는 여기가 맞는 걸로 뜨는데……."

도저히 이곳에 게스트하우스가 있을 것이라고는 예상도 할 수 없는 풍경에 길을 헤매기를 잠시.

인호가 금세 나무 틈 사이 가려진 집 한 채를 발견해 냈다.

"저기, 저기인가 봐."

성큼성큼 걸어가는 인호를 따라간 희준과 도진은 이내 눈 앞의 풍경에 놀라 감탄사를 감추지 못했다.

고즈넉한 숲속, 나무 사이에 자리한 큼지막한 한옥 한 채.

"와, 진짜. 우리나라에 이런 데가 있었어요? 대박이다."

"그러게, 여기가 게스트하우스인가? 너무 예쁘다."

그 풍경은 마치 한 폭의 그림과도 같았다.

그 모습을 감상하기도 잠시.

세 사람은 다시금 본론으로 돌아왔다.

"그래서 우리 도와주신다고 한 분은 어디 계신 걸까요?"

"글쎄, 안쪽으로 들어가 봐야 하나."

두리번거리며 주변을 둘러봐도 보이는 거라고는 나무뿐이었다.

결국 세 사람은 고심 끝에 한옥 안채로 들어가기 위해 발을 옮겼다.

"제가 먼저 들어가서 확인해 볼게요!"

도진이 신발을 벗고 툇마루로 올라서던 그 순간.

집 뒤편에서 그들을 반기는 목소리가 들려왔다.

"어! 왔어요? 언제 왔담, 소리도 없이!"

누가 보면 아는 사이라도 될 듯한 모양새로 반기는 여성의 모습에 정희준이 혹시나 하는 마음으로 물었다.

"혹시, 오늘 저희한테 푸드트럭에 대해서 알려 주기로 하신 분인가요?"

"네! 맞습니다! 저는 장 여진이라고 합니다! 반갑습니다!"

진이 빠진 세 사람과는 다르게 별안간 쾌활한 여성이었다.

"네? 방송 출연요?"

섭외 전화를 받았을 때만 해도 당황스러움이 앞섰다.

"저는 그런 거 출연해 본 적이 없는데……."

-괜찮습니다. 메인으로 나오는 것도 아니고, 출연자들한테 푸드트럭을 어떻게 운영해야 하는지만 알려 주시면 됩니다. 저

희가 사장님 일정에 맞춰서 갈게요!

하지만 당황스러움도 잠시.

-너무 걱정하실 필요는 없어요. 그리고 저희 출연료 말인데 요. 대략…….

33세 장여진.

그녀는 결국 자본주의의 노예가 될 수밖에 없었다.

"그래서 촬영 일정이 언제라고요?"

푸드트럭을 몰고 전국 팔도 방방곡곡을 돌아다닌 지 어언 8년이었다.

처음에는 구직 전 그저 아르바이트로 시작했던 일이었다.

하지만 생각보다 접객 일이 적성에 맞았다.

게다가 전국을 여행하며 일을 한다는 것이 너무 즐거워 정 신을 차리고 보니 어느새 업(業)이 되어 있었다.

이제는 푸드트럭을 하는 사장님들 사이에서 그녀는 '전국 구'로 통했다.

전국 어디든 불러만 주면 안 가는 곳이 없었다는 뜻이었다.

하지만 이번에는 좀 달랐다.

"이번 달에는 전주, 한옥마을 야시장입니다."

-네, 네. 알겠습니다. 숙소는 저희가 따로 잡아서 추후 연락 드리도록 하겠습니다. 그럼 잘 부탁드립니다!

이번에는.

그녀가 있는 곳으로 의뢰인을 부르게 되었다.

"이런 적은 처음이라 색다르네."

약속된 날짜가 다가올수록 장 여진은 조금씩 초조해지기 시작했다.

'내가 잘 가르칠 수 있을까? 아, 근데 방송 나오고 나서 너무 유명해지면 어떡하지?'

하지만 이미 섭외를 받아들이기로 한 이상, 그녀는 긍정적으로 생각하기로 했다.

"장사하면서 돈도 벌고, 출연료도 받고, 플러스로 홍보도 하고. 완전 일거양득이네!"

그렇게 찾아온 촬영 당일.

자신의 앞에 선 세 명의 남자를 보며 장 여진은 생각했다.

"장사가 퍽 잘되겠는데요?"

"네? 그게 무슨……?"

"그, 세 분이 좀 출중하셔서 손님이 꽤 몰리겠다고요. 원래 이런 게 인물 장사도 좀 있거든요."

"아…… 그렇죠. 아무래도."

도진이 장 여진의 말에 동의하며 고개를 끄덕이는 사이, 백인호는 무슨 말인지 알아듣지 못한 듯이 알 수 없다는 표정을 지었다.

그녀는 그런 백인호의 어깨를 두드리며 말했다.

"뭐, 이건 몰라도 되는 거니까. 우선 본론으로 한번 들어가 볼까요?"

천재셰프
회귀하다

장 여진은 빠르게 걸음을 옮겨 세 사람의 푸드트럭으로 향했다.

"이거 연식이 꽤 오래된 포터네요. 그래도 관리를 잘했는지 깨끗한데요?"

푸드트럭의 곳곳을 둘러본 장 여진은 이내 파악을 다 마쳤다는 듯이 트럭에서 내려왔다.

푸드트럭으로 개조하는 것은 대개 1톤짜리 트럭이다.

그중에서 가장 대표적으로 꼽는 것은 라보와 포터.

하지만 이번엔 세 명이 같이 운영하는 만큼, 비교적 사이즈가 작은 라보보다는 포터를 선택한 상황이었다.

비록 1톤 짜리긴 하나, 개조의 범위는 상상을 초월한다.

없던 발판을 만들어 공간을 만드는 것 역시 가능하기에 1톤 포터를 이용할 생각이었다.

"세 분 모두 푸드트럭은 처음인 거죠?"

"네."

"자, 그럼 지금부터 전체적으로 한번 설명해 드릴 테니까 잘 들으셔야 해요?"

그렇게 말한 장 여진은 정말 작은 것부터 설명을 시작했다.

영업 시작 시 문을 오픈해서 고정하는 것부터 시작해서, 물을 채워 넣는 방법. 그리고 가스를 사용하는 방법, 주방을 어떻게 사용해야 하는지까지.

한참을 설명하던 장 여진은 문득 깨달은 듯 물었다.

"다들 메뉴는 어떻게 할 건지 결정했나요?"

"어, 그게……. 아직 아무것도 정해진 게 없어요."

"오, 그거 정말 큰일인데. 보통 주방은 메뉴에 맞춰서 개조되는 경우가 많거든요."

전체적으로 주방을 둘러본 그녀가 다시금 말을 이었다.

"그래도 다행인 건, 이 정도 설비면 어지간한 건 다 할 수 있을 것 같네요!"

도진은 쾌활하게 말하는 그녀의 모습에 덩달아 기분이 좋아진 듯 웃었다.

'진짜 특이한 캐릭터네.'

장 여진은 첫 만남부터 지금까지 한 번도 표정을 찡그리거나 부정적인 말을 한 적이 없었다.

말 그대로 통통 튀는 인간 비타민 같은 모습이었다.

역시 손님을 직접적으로 마주하며 접객하는 일은 저런 태로도 해야 하는가 하는 생각이 든 도진이 그녀에게 물었다.

"선생님은 어떤 음식을 파시는 거예요?"

"오, 좋은 질문! 원래 푸드트럭은 메뉴가 겹치는 것보단 제각각인 게 좋거든요. 저는 달콤한 츄러스랑 시원한 커피를 팔고 있습니다!"

도진의 물음에 대답을 한 그녀는 '아, 그럼 되겠네요!' 하며 손뼉을 마주쳤다.

"어차피 메뉴를 정하는 데도 시간이 걸릴 테고, 당장 장사를 시작할 필요는 없으니까, 세 분이 오늘 밤."

장난스러운 표정으로 씩 웃음을 지은 그녀가 말을 이었다.

"제 장사를 좀 도와주셔야겠습니다."

장 여진은 세 사람을 자신의 푸드트럭으로 이끌면서도 입을 쉬지 않았다.

메뉴는 어떤 것이 있고, 역할 분담은 어떻게 할 것이며, 영업시간은 물론이고 마감하는 방법까지.

그 짧은 거리를 이동하면서도 알차게 설명한 그녀는 자신의 푸드트럭 앞에 다다랐을 때.

깜빡했다는 듯 한마디를 덧붙였다.

"아 참. 물론 당연히 시급은 쳐드릴게요! 이래 보여도 장사가 꽤 잘된답니다."

발랄하게 말하는 그녀의 모습에 도진은 머리를 짚었다.

곧바로 실전에 투입될 줄은 생각지도 못한 도진은 그저 해맑아 보이는 장 여진과 상황 파악이 덜 된 듯 어리둥절한 채 있는 백인호와 정희준을 번갈아 보았다.

험난한 길이 눈앞에 보이는 것만 같았다.

도진은 잠시 눈앞의 광경을 의심했다.

"사장님, 저희 오리지널 롱 츄러스 하나만 주세요!"

"저는 아이스크림 츄러스요! 아이스 아메리카노도 하나 주세요!"

"잠시, 잠시만요! 한 줄로 서시면 차례대로 주문받겠습니다!"

물밀듯이 몰려오는 손님들의 모습에 정신이 아찔해질 것만 같았다.

'분명 이러지 않았는데…….'

장 여진의 푸드트럭의 일일 체험을 통해 푸드트럭의 생태계를 배우기로 한 세 사람은 지금.

전주 한옥마을의 야시장 한가운데에 있었다.

처음에는 분명 할 만하다고 생각했다.

매대를 펴고 장사 준비를 시작하는 것은 수월했다. 그녀가 알려 주는 대로 차근차근히 하기만 하면 됐으니.

"저희 매대는 커피랑 츄러스를 파니까, 세 분이 역할 분담을 해서 운영하는 게 좋을 것 같아요."

그렇게 말한 장 여진은 임의로 세 사람의 역할을 나눠 주었다.

정희준이 주문과 계산, 백인호가 커피 제조를, 그리고 도진이 츄러스 조리를.

"레시피는 각각 조리대 앞에 있기도 하고, 몇 안 되니까 금방 외울 수 있겠죠?"

그렇게 각자의 자리를 배정받은 뒤 간단하게 업무를 배우며 일을 손에 익히는 과정을 몇 차례 반복했다.

　도진은 츄러스를 만들어야 했기에 반죽 기계를 사용하는 방법부터 배웠다.

　처음 몇 번은 처음 사용해 보는 기계가 낯설어 반죽의 길이를 조절하는 게 어려웠지만……

　"이 정도 길이로 맞추면 되는 거죠?"

　"오, 맞아요! 이제 완전히 잘하시는데요?"

　"이게 다 스승님이 잘 알려 주신 덕분이 아닌가 싶습니다."

　이내 익숙해져 넉살스레 장난을 칠 정도였다.

　4시 반에 도착한 그들이 장사 준비와 레시피 숙지를 마치자, 시간은 어느새 훌쩍 흘러 해가 어둑해지는 저녁 6시가 되어 있었다.

　"자, 그럼 이제 진짜 장사 시작해 봅시다. 파이팅!"

　"화이팅!"

　"잘 부탁드립니다!"

　드디어 처음 판매를 개시했을 때, 이 정도면 할 수 있겠다는 생각이 들었다.

　처음이라 조금 버벅대기는 했지만…….

　"저희 롱 츄러스 하나랑 초코 딥 소스 하나 주세요!"

　"네 오천오백 원입니다."

　하나씩 주문을 처리해 나가다 보니 충분히 처리해 낼 수 있을 것만 같은 자신감이 생겼었다.

문제는 장 여진이 잠시 자리를 비운 그 순간부터 시작되었다.

"다들 이 정도면 어느 정도 손에 익었죠?"

"네, 이 정도면 충분히 할 수 있을 것 같아요."

"생각보다 어렵지는 않은 것 같습니다."

희준이 접객을 하는 사이 도진과 인호가 정여진의 물음에 답했다.

그린 두 사람의 대답에 정여진이 알 수 없는 미소를 지었다.

잠시 두 사람을 지그시 바라보던 그녀는 '저희도 먹고살자고 하는 일이니까, 잠시 먹을거리 좀 사 올 테니 잘 부탁해요.'라며 다른 푸드트럭으로 향했다.

그리고 5분, 10분⋯⋯.

30분이 지나도 돌아오지 않는 장 여진에 도진은 잠시 불안한 생각이 머릿속을 스쳤다.

'혹시⋯⋯ 이대로 안 돌아오는 건 아니겠지?'

그런 생각을 하면서도 무난하게 장사가 이어지는 것을 보며 애써 마음을 가다듬었다.

'그래, 지금도 충분히 잘하고 있으니까 괜찮을 거야. 설마 장사 끝나기 전에는 돌아오겠지.'

그리고 그녀는 한 시간이 지나도 돌아오지 않았고, 시간은 8시를 향해 달려가고 있었다.

지옥은 그때부터 시작이었다.

"사장님! 얼마나 기다려야 해요?"

"아, 저희 줄 한참 서 있었는데……."

"잠시만요! 앞에 분 주문 먼저 받고 금방 도와드리겠습니다. 죄송합니다!"

시간이 늦어지기 시작하자 어느 정도 배를 채운 손님들이 식사를 마치고 디저트를 찾아 츄러스를 사러 왔다.

대기 줄은 눈 깜짝할 사이에 늘어나 어느새 끝이 보이지 않았고, 도진의 눈앞도 아득해졌다.

엎친 데 덮친 격으로 주문은 밀려 있는데 반죽은 바닥이 보이기 시작했고, 어찌해야 할 바를 모른 채 장사를 이어 가고 있던 와중.

"다들 잘하고 있었어요?"

드디어 장 여진이 돌아왔다.

도진은 그녀의 목소리에 구세주가 등장한 듯 가슴이 벅차올랐다.

비단 그런 마음이 든 것은 도진뿐만이 아니었다.

정희준은 계산하다 말고 들리는 그녀의 목소리에 고개를 획 돌려 그녀를 바라보며 말했다.

"사장님! 왜 이렇게 늦게 오셨어요!"

"사장님, 나빠요……."

백인호 또한 떨리는 손으로 커피를 타며 그녀에게 질타의 눈빛을 보냈다.

하지만 그런 원망도 오래할 수 없었다.

당장 시급한 것은 눈앞에 보이는 손님들을 더 이상 기다리게 할 수 없다는 것이었다.

"사장님, 이거 반죽 다 떨어져 가는데 어떻게 교체하면 되는 건가요?"

도진은 가장 빨리 해결해야 하는 문제부터 물었다.

"잠시만 이리로 나와 보시겠어요?"

정여진은 익숙하게 매대 아래 냉장고에서 반죽을 꺼내 채워 넣으며 도진에게 말했다.

"츄러스는 이제 제가 담당할 테니까, 도진 씨는 인호 씨 도와서 커피 주문 밀린 것부터 처리해 주시겠어요?"

그 후부터 일은 일사천리로 진행되었다.

"초코 딥 츄러스 나왔습니다!"

"치즈 크러스트 츄러스 하신 분-!"

"손님! 줄은 저쪽으로 서야 해요!"

장 여진은 능숙하게 손님을 쳐 내며 새로 오는 손님까지 관리했다.

그러는 와중에도 입은 쉬지 않고 손님과 대화를 이어 나갔다.

"어, 어제도 오신 분 맞죠! 오늘은 생크림 남아 있어서, 하나 서비스로 드릴게요."

"어! 어떻게 알아보셨어요? 감사합니다!"

"어제 생크림이 너무 일찍 떨어져서 많이 아쉬워하셨잖아요! 당연히 기억하죠. 오늘도 와 주셔서 감사합니다."

넉살스레 손님과의 대화를 주고받는 장 여진의 모습은 능숙하다 못해 능글맞아 보일 정도였다.

도진은 그런 그녀의 모습에 혀를 내둘렀다.

"저 정도는 돼야 푸드트럭을 10년 가까이 몰 수 있는 건가."

"그러게. 나는, 나는 절대 저렇게 못 할 것 같아……."

백인호가 도진의 말을 듣고는 자신감 없는 목소리로 나지막이 중얼거렸다.

도진은 차마 하지 못한 말을 속으로 생각했다.

'아니 형, 저건……. 저 사람이 아니면 아무도 못 할 것 같은데요.'

"형 저 다 씻었어요. 씻고 오세요!"

"응, 금방 씻고 올게. 갔다 와서 회의하자."

하루의 끝은 순식간에 찾아왔다.

분명 이른 아침부터 움직였건만, 정신을 차리고 보니 이미 시계는 새벽 한 시를 가리키고 있었다.

"나왔어요?"

따뜻하게 불을 땐 *문간방(*대문이나 중문 따위의 출입문 옆에 있는 방)에는 이미 씻고 잘 준비를 마친 장 여진이 먼저 자리를 잡고 있었다.

그녀는 축축한 머리칼을 채 말리지도 않은 채 이불을 뒤집어쓰고 몸을 녹이고 있었다.

"오늘 고생 많으셨습니다."

"에이, 고생은 뭐. 내가 한 게 있나요. 오늘은 세 분이 고생 많으셨죠."

도진의 말에 정여진이 손사래 치며 답했다.

하지만 도진은 그 뜻을 굽히지 않은 채 다시 한번 말했다.

"아니에요. 저희 가르치시느라 고생 많으셨잖아요. 오늘 해 보니까, 사장님 정말로 대단하신 것 같아요."

진심이었다.

푸드트럭은 도진이 예상했던 것보다 훨씬 힘들었다.

주방에서, 그리고 업장 내에서 손님을 맞이하는 것과는 전혀 달랐다.

면대면으로 손님을 맞는 만큼 갑작스러운 돌발 상황도 많이 생기는 데다가…….

도진이 가장 당황스러웠던 것은 그런 모습을 그대로 손님들에게 노출하게 된다는 점이었다.

주방에서 무슨 문제가 생긴다면 보통은 손님들이 알아차리기 힘들었다.

'하지만, 푸드트럭은 바로 앞에 손님이 있으니까…….'

파인다이닝에서 일할 때는 주방에서 자신이 한 실수는 그저 빠르게 수습하기만 하면 될 뿐이었다.

하지만 푸드트럭에서는 무슨 실수라도 하게 되면 손님이 그 모습을 바로 앞에서 지켜보게 된다는 것이었다.

그 점에서 도진은 오늘 평소의 열 배는 더 긴장하면서 일했다고 해도 과언이 아니었다.

자신도 분명 오랜 시간 파인다이닝의 셰프로 일하며 손님을 대하는 게 익숙해졌다고 생각했건만.

도저히 장 여진에 비할 바가 아니었다.

"사장님은 어떻게 그렇게 접객을 잘하시는 거예요?"

"저야 뭐 8년이나 했으니까, 잘할 수 있게 된 거죠!"

"에이……."

도진은 믿을 수 없다는 눈초리로 장 여진을 바라보았다.

그도 그럴 것이.

그녀는 정말 태어났을 때부터 그렇게 손님을 맞이했을 것만 같이 능숙했기 때문이다.

"아, 이건 진짜 비밀인데……."

장 여진은 말을 머뭇거리다 도진의 눈빛을 이길 수 없다는 듯 결국 입을 열었다.

"푸드트럭 같은 경우는 아무래도 손님과 일하는 사람의 간격이 좁잖아요? 그게 가장 핵심이에요."

"네? 그게 무슨……."

도진은 장 여진의 말에 멈칫할 수밖에 없었다.

가장 부담스럽게 느껴졌던 것이 가장 핵심이 된다니.

"피할 수 없으면 즐겨라. 뭐 그런 건가요?"

"틀린 말은 아니네요."

그녀는 입꼬리를 씨익 올리며 말을 이었다.

"말 그대로 즐기는 거예요. 손님도 같이 즐길 수 있도록. 도진 씨 오늘 츄러스 만들면서, 손님들이랑 몇 번이나 눈을 마주쳤는지 기억나요?"

"글쎄요. 음……."

도진은 곰곰이 생각했지만, 전혀 떠오르지 않았다.

'내가 손님이랑 대화라는 걸 하기는 했었나?'

기껏 해 봐야 츄러스를 건네줄 때 흘끔흘끔 눈을 마주쳤던 것이 다였다.

"생각해 보니까 밀려오는 주문을 처리하느라 급급해서 막상 손님이랑 제대로 눈을 마주친 적이 없는 것 같네요."

"그렇죠? 이게 자기 일이 바쁘다 보면 정신이 없어서 그렇게 된다니까."

장 여진이 자신의 앞에 있는 도진과 눈을 마주치며 말했다.

"그런데 이렇게 눈을 마주치고 기분 좋게 몇 마디를 주고받게 되면 손님은 그 수많은 푸드트럭 중에서도 우리를 한 번 더 보고 기억하게 되는 거예요."

도진은 장 여진의 강렬하게 빛나는 그녀의 눈동자에 순간적으로 압도되어 말을 잇지 못했다.

장 여진이 눈을 반달처럼 접으며 웃었다.

"이건 정말 비밀인데, 도진 씨가 아무래도 진심으로 잘하고 싶어 하는 것 같아서 알려 드리는 거예요. 알겠죠?"

다시금 쾌활하게 바뀐 그녀의 분위기에 도진은 잠시 자신이 잘못 본 게 아닌가 하는 생각으로 눈을 비볐다.

그녀는 여전히 미소를 띤 채 도진을 바라보고 있었다.

"눈을 마주치는 것……. 정말 생각지도 못했네요."

도진이 손님을 마주했던 건 대부분이 빈 접시였다.

그동안 일해 왔던 곳은 언제나 주방과 홀이 분리되어 있었다.

게다가 손님의 관리는 언제나 홀에서 했다.

그렇기에 도진이 직접적으로 손님을 마주하는 일이 적었고, 요리하는 도중에 손님을 어떻게 마주해야 하는지 잘 알지 못했다.

'요리만 완벽하면 된다고 생각했는데…….'

푸드트럭은 그뿐만이 아니었다.

아니 사실 어쩌면, 파인다이닝도 마찬가지였을 터였다.

지금껏 자신은 주방을 맡아 왔기에 생각지도 못했던 일들이었을 뿐이었다.

분명 도진이 모르는 곳에서, 손님들이 도진의 요리를 완벽한 상태로 맛볼 수 있도록 수많은 지원이 있었을 터였다.

생각에 빠진 도진을 수면 위로 끌어 올린 것은 장 여진이었다.

"자, 일단 얼른 자러 가죠. 오늘도 정신없었겠지만, 내일은 본인들 장사하려면 아침부터 훨씬 더 바쁠 테니까!"

맞는 말이었다.

내일 저녁은 직접 고안한 메뉴들을 평가하고 판매해야 했다.

말하자면, 진짜 실전이었다.

이른 아침.

도진은 차가운 겨울의 새벽 공기에 눈을 떠 밖으로 나왔다.

따뜻한 온돌의 훈기가 도는 방과는 반대로 바깥은 코끝이 시릴 정도의 새벽 공기가 감돌았다.

"주방에 있으려나."

도진은 깨끗이 정리되어 있던 양옆의 이부자리를 떠올리며 주방으로 향했다.

"인호야, 이건 어때?"

"괜찮을 것 같아요."

주방의 문 너머에서 정희준과 백인호의 목소리가 들렸다.

골몰하며 대화를 나누는 두 사람은 도진이 들어온 줄도 모른 채 말을 이었고…….

그에 장난기가 샘솟은 도진은 살금살금 두 사람 옆으로 다가갔다.

"왁!"

"악! 뭐야! 깜짝 놀랐잖아!"

희준이 소스라치게 놀라며 심장을 부여잡았다.

낄낄거리며 웃던 도진은 겨우 웃음을 멈추고 눈가에 고인 눈물을 닦으며 물었다.

"어제 얘기했던 거 만들어 보는 중이에요?"

"응, 간단한 건 여기도 재료가 있으니까 얼추 느낌만 보려고."

이른 새벽부터 두 사람이 일어나자마자 주방에 있었던 것은 다름이 아니라 어제 잠들기 전 논의했던 메뉴를 만들어 보기 위해서였다.

당장 오늘 저녁 판매해야 할 메뉴를 정해야 했기 때문에 마음이 급한 것도 있거니와…….

말했던 대로 만들 수 있을 것인지 빨리 시행해 보고 싶었던 마음이 컸기 때문이었다.

"그래서, 좀 어때요? 말한 그대로 잘 나오나요?"

"아니, 이게 생각보다 식감을 잡는 게 좀 어렵네."

세 사람은 좁은 주방에서 머리를 맞대고 고민에 빠져 있었다.

"이렇게 만들면 굽는 데도 오래 걸리고 젓가락으로 집었을 때 바스러지기 쉬울 것 같은데요?"

어느새 일어난 장 여진이 뒤에서 쓱 나타나 말을 보탰다.

"원래 푸드트럭이라는 게 음식을 들고 먹는 경우가 많아서 들고 먹기가 편해야 하거든요. 그런 부분을 좀 더 생각해 보는 게 좋을 것 같네요."

도진은 그녀의 말에 문득, 겨울의 푸드트럭 또는 포장마차 하면 가장 먼저 떠오르는 것이 생각났다.

"우리 이거, 호떡처럼 꾸욱 눌러서 구워 보는 건 어때요?"

"눌러서? 오, 그럼 안에 속 재료 넣어서 만들어도 맛있겠다. 모짜렐라 치즈 같은 거!"

"맞아요, 그렇게 구우면 겉면은 좀 더 바삭하고 안은 촉촉해서 밥 대용으로도 괜찮고 간식 같은 느낌도 들어서 괜찮을 것 같아요."

도진의 말에 백인호와 정희준이 감탄하며 아이디어를 보탰다.

"그럼 클래식 하나랑 치즈 하나, 그리고 또…… 뭘 넣으면 좋을까?"

"소시지 이런 거 넣어도 맛있을 것 같아. 아니면 고기볶음 같은 거?"

세 사람이 오늘 저녁 야시장에서 판매할 메뉴는 다름이 아닌 구운 주먹밥.

아니, 구운 비빔밥이었다.

전주 하면 생각나는 게 비빔밥이기도 하고, 구울 때 속 재료를 여러 가지로 만들어 다양한 맛을 즐길 수 있게 하면 더욱 좋아질 터였다.

도진은 장난스러운 미소를 지으며 한마디를 더 보탰다.

"선택하기 힘든 사람들은 랜덤 메뉴도 하나 넣어서 안에서 뭐가 나올지 두근두근하는 것도 재밌을 것 같아요!"

"오, 문방구 앞에 뽑기 기계 돌리는 것처럼? 확실히 먹어 보기 전에 뭐가 나올지 모르니까 그것도 재미있겠다."

어느새 세 사람은 자신의 의견을 활발히 말하며 토론의 장을 열었다.

정신없이 대화를 이어 가는 세 사람을 보며 장 여진은 새삼스럽게 이 사람들이 셰프는 셰프구나 하는 것을 느꼈다.

'요리 얘기하는 게 저렇게도 즐거울까.'

자신은 따지고 보면 요리사라기보다는 장사꾼이었다.

음식이 좋아서 푸드트럭을 시작한 게 아니라 그저 푸드트럭을 타고 다니며 여러 손님을 만나는 게 즐거워 시작했기 때문이다.

한껏 몰입해 메뉴 개발을 하는 세 사람을 보며 장 여진이 한마디를 덧붙였다.

"그런데 이거 하나만 하기는 좀 아쉽지 않아요? 저 같은 경우도 츄러스 종류가 여러 개인 데다가 아이스크림이랑 음료도 판매하고 있는걸요!"

그런 그녀의 한마디는 세 사람의 이목을 집중시키기에 딱 좋았다.

"어, 그럼 뭘 더 하죠?"

"사실 이것만으로도 충분히 잘할 수 있을지 모르겠는데."

"아유, 뭐 그런 걱정들을 하세요! 다들 잘할 수 있으시면서 엄살은."

시작도 전에 걱정 먼저 하는 그들을 보며 장 여진이 말했다.

"조금 실수해도 손님들은 즐거운 에피소드 정도로 생각하고 기다려 주시는 분들이 많으니까, 걱정하지 말아요."

그러고는 잠시 고민하는 듯하다 말을 이었다.

"정, 뭔가를 더 하기 힘들 것 같다 싶으면……. 한정 수량으로 판매해 보는 건 어때요?"

도진은 그녀의 말에 눈이 번쩍 뜨이는 기분이 들었다.

좋은 아이디어였다.

괜히 '한정 수량'이라고 하면 필요가 없어도 사고 싶어지는 게 사람의 심리였다.

이렇게 판매하게 되는 경우 확실히 손님의 발길을 끄는 마케팅 효과도 톡톡히 볼 수 있으리라.

도진은 한정 수량으로 도대체 어떤 메뉴를 팔면 좋을지 고민했다.

그리고 이내.

'역시 전주, 하면 그거려나…….'

자연스럽게 떠오른 메뉴 하나를 입에 담았다.

"그럼, 떡갈비 어때요?"

메뉴를 결정한 세 사람은 빠르게 장을 본 뒤.

게스트하우스 뒤편에 주차해 둔 푸드트럭으로 향했다.

시침은 오전 9시를 향하고 있었다. 일찍이 일어나서부터 준비를 시작했기에 아직 요리를 만들어 볼 시간은 충분했다.

대신, 푸드트럭에 익숙해질 시간이 부족했다.

"오늘은 실전이니까, 여기서 한번 만들어 봐요."

"어, 일단 뭐부터 해야 하지? 아, 어쩐지 여기서 하려니까 긴장돼."

"괜찮아요. 일단 밥부터 하고 천천히 재료 손질부터 할까요?"

도진은 호들갑스럽게 얘기하는 정희준을 다독인 뒤 팔을 걷어붙이고 쌀을 먼저 씻기 시작했다.

"희준이 형은 우선 비빔밥 들어가게 될 재료부터 손질해 주세요. 인호 형은 떡갈비 만들어야 하니까 고기 손질하고 있으면 될 것 같아요."

도진의 진두지휘 아래 두 사람은 이내 재료 손질을 시작했다.

"도진아, 떡갈비용 고기 손질 다했어."

인호의 말에 도진은 밥을 짓는 동안 떡갈비 레시피를 먼저 공고히 하기로 했다.

가장 기본적인 떡갈비 레시피부터 시작해서 여러 재료를 첨가했다가, 뺐다 반복한 뒤.

드디어 레시피를 결정한 세 사람은 바쁘게 손을 놀려 떡갈비를 제조하기 시작했다.

떡갈비는 한정 수량으로 판매할 예정이었기 때문에, 미리 다 만들어서 가지고 갈 요량이었기 때문이다.

"이렇게 만들어서 가지고 가면 주문 들어왔을 때 구워만 주면 돼서 편하겠다."

정희준의 말에 인호가 반박했다.

"떡갈비는 굽는 데 오래 걸려서, 아마 가서 미리 굽고 있어야 될 거예요."

인호의 말에 도진은 생각지도 못한 허를 찔린 기분이었다.

'거기까지는 생각 못 했는데, 큰일 날 뻔했네.'

굳이 놀란 것을 티 내지 않기 위해 표정 관리를 한 도진이 아무렇지 않게 말을 이었다.

"가서 준비하면서 미리 몇 개씩 구워 놓고 있어야겠네요. 그럼 떡갈비 굽는 냄새에 손님들도 몰리고 좋을 것 같아요."

"오, 그거 진짜 좋다. 괜찮을 것 같아. 다 꺼내 놓기는 그러니까 한 번에 다섯 개에서 열 개 정도만 꺼내서 미리 구울까?"

"좋아요! 그러면 될 것 같아요."

어떻게 판매할지 논의하면서 떡갈비를 만들었고, 이내 총 서른 개의 완성품이 생겼다.

도진은 만들어진 떡갈비를 트레이에 차곡차곡 옮겨 담았다.

"다음은, 비빔밥 구이 만들 차례죠? 우선 하나씩 만들어 볼까요?"

갓 지어진 밥은 고소한 냄새를 풍겼다.

고슬고슬 잘 지어진 밥을 커다란 양푼에 옮겨 담은 도진은 희준이 손질한 재료를 하나씩 넣기 시작했다.

한소끔 볶은 나물들과 양념해서 볶은 고기, 그리고 가장 핵심이 되는 고추장소스.

"비빔밥은 계란이 빠지면 안 되는데, 뭔가 안 들어간다고 하니까 아쉬운걸."

"그럼 계란도 넣어 보면 되죠!"

세 사람은 각자 넣고 싶은 것들을 넣어 주먹밥을 만들었다.

각자 두 개씩 만들어 낸 세 사람은 여섯 개의 주먹밥 형태로 만든 비빔밥을 하나씩 굽기 시작했다.

"이거 이렇게 구우면 될까요?"

"적당히 구워지면 눌러서 좀 더 굽고 뒤집으면 될 것 같은데."

"담는 것 어떻게 해야 할까?"

요리를 완성해 내는 것으로만 끝나는 일이 아니었다.

푸드트럭에 걸맞게 어떻게 손님들이 먹기 편하도록 음식을 담아서 낼 것인가.

세 사람은 머리를 맞대고 고민했다.

한참을 이래저래 일회용 그릇에 담아 보던 희준이 번뜩 아이디어가 떠오른 듯 '아!' 하고 단말마를 내질렀다.

"호떡처럼 납작하게 굽는 거니까, 종이컵에 담아 주는 건 어때?"

"오, 괜찮을 것 같아요! 그러면 종이컵에 반 접어서 담아 줄까요? 젓가락 필요 없이 먹을 수 있게! 아니면……."

희준의 말에 보태 의견을 쏟아 내던 도진은 문득 깨달았다.

'파인다이닝의 메뉴 개발하는 거랑 별반 다르지 않은데? 괜히 어렵게 생각했나……..'

그저 차이가 있다면 언제 어디서 먹게 되는지가 조금 다르다는 것뿐이었다.

몇 번의 테스트 끝에 세 사람의 메뉴 개발은 드디어 끝을 향해 달려가고 있었다.

"아직 푸드트럭이나 야시장 자체에도 조금 낯선데 종류를 너무 많이 하면 힘들 거 같으니까, 이렇게 세 개만 하는 게 제일 좋을 것 같아."

마지막으로 테스트까지 끝낸 세 사람은 시식과 개선을 반복한 끝에 가장 기본적인 비빔밥 구이부터, 모짜렐라 치즈가 들어간 것, 그리고 차돌박이를 구워서 넣은 것까지 총 세 가지의 레시피를 완성했다.

도진은 희준에 말에 동의하며 마지막으로, 가장 중요한 문제에 대해 화두를 던졌다.

"저도 그렇게 생각해요. 그럼 이제, 가격은 얼마로 결정하는 게 좋을까요?"

과연 얼마의 이윤을 남기는 게 가장 이상적인 걸까.

보통의 식당이라면 재료비와 월세, 인건비 등의 갖은 원가에서 15%에서 30%의 수익률을 잡는다.

하지만 푸드트럭의 경우에는 과연 어느 정도의 순수익률을 잡아서 판매 가격을 계산하는 게 가장 좋을까?

"재료비 원가가 1,500원 정도 들었으니, 기본 비빔밥 구이가 3,000원 정도면 괜찮으려나……."

그래도 '서바이벌 국민 셰프'를 촬영하면서 가격 책정을 몇 번 해 봤다고 희준이 먼저 나서서 계산을 시작했으나, 그도 쉽지 않은 건 매한가지였다.

머리를 싸매고 이렇게 저렇게 계산을 해 보는 희준과 인호를 보던 도진은 문득.

바로 옆에 가장 교본이 되는 이가 있다는 것을 떠올렸다.

"우리는 푸드트럭이 어느 정도 비용이 들어갈지 아직 잘
모르니까, 여진 사장님한테 물어보면 되는 거 아니에요?"

"와, 그걸 왜 생각을 못 했지?"

가장 쉬운 방법을 두고 이렇게나 돌아가려 했다는 사실에
세 사람은 서로의 얼굴을 마주 보며 허탈하게 웃었다.

우여곡절 끝에 세 사람은 가격까지 결정해 메뉴판을 만든
뒤, 가자마자 판매할 수 있도록 바삐 손을 놀려 미리 재고를
만들기 시작했다.

그리고 어느덧 오후 다섯 시.

"자, 그럼 가볼까요?"

모든 준비는 끝났고, 남은 건 실전뿐이었다.

푸드트럭, 개시

찬 겨울의 바람이 매서운 날씨에 해는 여름보다 훨씬 빨리 떨어지기 시작했다.

날선 추위에 여러 겹으로 옷을 껴입은 세 사람은 혹여라도 늦을까 헐레벌떡 푸드트럭을 이끌고 야시장으로 향했다.

어제와는 사뭇 다른 기분으로 오게 된 한옥마을 야시장.

도진은 긴장되는 마음에 손을 쥐락펴락하며 숨을 골랐다.

'청춘 셰프'의 푸드트럭을 처음으로 개시하는 날.

'그나마 다행인 건, 옆자리에 익숙한 사람이 있다는 거려나.'

옆자리에는 어제 도진이 일했던 장 여진의 푸드트럭이 자리하고 있었다.

한창 장사 준비에 열중이던 그녀는 도진과 눈이 마주치자 시원스럽고 크게 팔을 휘두르며 인사를 건넸다.

"빨리 준비해요! 오늘은 어제보다 더 정신없을 거예요!"

그렇게 말한 뒤 다시 장사 준비를 시작하는 장 여진을 보며 도진 또한 다시금 정신을 차렸다.

"우리도 빨리 준비해야겠다. 형 우리 만들어 온 건 이게 다인 거죠?"

"응. 혹시 모르니까 일단 밥 한 솥 미리 더 해 놓을까?"

"그러는 게 좋을 거 같아요!"

세 사람은 분주히 장사 준비를 시작했다. 완성해 낸 레시피를 이용해 야시장을 오픈하자마자 판매할 수 있도록 미리 만들어 놓은 수량을 꺼냈다.

비빔밥 구이 70개와 떡갈비 한정 수량 30개.

과연 이걸 모두 팔 수 있을지가 의문이기는 했으나 승산은 있었다.

무작정 만들어 낸 것이 아니었기 때문이다.

"도진이 진짜 대단한 것 같아. 어떻게 그 정신없는 와중에 손님이 얼마나 왔었는지 기억하고 있었어?"

"우리도 내일 직접 팔아야 하니까, 야시장에 손님이 대충 얼마나 올지는 보고 있었죠. 물론 정신이 없어서 중간부터는 제대로 체크하지는 못했지만……."

"그래도, 나는 계산하면서 진짜 생각지도 못했는걸. 역시, 믿음직해."

희준이 도진을 향해 엄지를 치켜세우며 말하자, 어느새 그의 옆으로 온 인호가 희준과 똑같은 포즈를 취하며 '도진이 대단해.'를 말하며 눈을 빛냈다.

두 사람의 모습에 도진은 어느새 긴장하던 것도 잊은 채 편하게 웃음을 터트렸다.

"나는 진짜 형들이 있어서 다행인 것 같아요."

그러고는 메뉴판을 앞에 내걸기 위해 내려가며 말을 이었다.

"이제, 진짜 시작해 보자고요."

결전의 시간.

오후 7시, 야시장이 오픈했다.

장 여진은 빠르게 오픈 준비를 하면서도 물가에 어린애를 내놓은 것처럼 '청춘 셰프'팀에게서 눈길을 뗄 수 없었다.

'준비는 잘하고 있나 모르겠네……'

고작 하루 어떻게 해야 하는지 가르쳤을 뿐인데, 벌써 내 자식이라도 된 듯 걱정이 되는 게 참 이유를 알 수가 없었다.

'워낙 열심히 하려고 해서 그런가?'

세 사람은 장 여진에게서 푸드트럭에 대해 배웠던 그 하루 동안, 정말 쉴 새 없이 질문을 했다.

서글서글하게 말을 걸어오는 정희준이나 김도진은 물론이고, 첫인상이 워낙 과묵했던 백인호 또한 주방 시설에 관한 내용을 설명 들을 때면, 세상 다시는 없을 우등생이 되어 눈을 반짝이며 궁금한 것들을 물어왔다.

　이렇게 가르치는 보람을 느끼게 했던 세 사람이라 그런지 유독 신경이 쓰인 게 분명했다.

　장 여진은 괜히 본인의 준비가 끝난 뒤, 커피 한 잔씩 하라며 아메리카노를 들고 그들의 푸드트럭으로 향했다.

　"다들, 준비는 잘해 왔어요?"

　"만반의 준비를 끝내고 왔죠! 걱정 안 하셔도 됩니다!"

　장 여진은 자신감 넘치게 말하는 희준의 모습에 오히려 더 걱정되는 듯했다.

　푸드트럭은 직접 손님을 마주하는 만큼 언제나 갑작스러운 상황이 발생하기 쉬웠다.

　"확실해요? 왜 이렇게 미덥지 않지……? 무슨 일 있으면 바로 옆이니까 도와달라고 해도 돼요!"

　장 여진은 희준의 말에 괜스레 장난 식으로 걱정을 건네며 자신의 자리로 돌아가면서도 몇 번이고 뒤를 돌아봤다.

　하지만, 그녀의 그런 걱정은 괜한 짓이었을까.

　막상 야시장이 개장되고, 장사가 시작되자 세 사람은 마치 날아다니는 듯했다.

　처음 손님이 몰리기 시작했을 때는 우왕좌왕하기도 했으

천재셰프
회귀하다

나, 금세 자신들만의 루틴을 만들더니 순식간에 손님들을 쳐내기 시작하는 그들을 보며 장 여진은 혀를 내둘렀다.

"마냥 애들 같았는데, 저렇게 주방에 서면 달라지는 모습이 참 신기하다니까."

한꺼번에 몰리는 손님들을 순식간에 정리하는 세 사람의 모습은 가히 경이로울 지경이었다.

하지만 막상, 평안해 보이는 세 사람의 속은 타들어 가고 있었다.

만반의 준비를 끝낸 뒤.

전주의 한옥마을 야시장의 개장 시간 7시가 되자 어김없이 상가 내에서 전체 방송이 흘러나왔다.

ー야시장이 개장되었습니다. 금일 야시장은 7시부터 시작되어 11시에 마감될 예정입니다. 음식을 드신 뒤에는 꼭 지정되어 있는 장소에 분리수거를 부탁드리며······.

경쾌한 노랫소리와 함께 야시장 이용의 주의 사항이 공지되었다.

도진은 다시금 역할을 되새겼다.

"어제처럼 희준이 형이 접객을 맞고, 인호 형은 낯선 사람들 대하는 게 조금 서투니까 전반적인 요리를, 그리고 제가 그걸 이어받아서 마무리한 뒤 손님들한테 넘기는 걸로 할게요."

"좋아, 좋아. 한번 해 보자고!"

"화이팅……!"

나란히 일렬로 선 세 사람이 '할 수 있다!'라고 외치며 의지를 다졌다.

비록 어제는 첫날이었기 때문에 정신없이 보냈다고는 하지만, 오늘은 다르리라는 의지였다.

하지만.

"사장님, 저 통 모짜렐라 비빔밥 구이 하나랑 떡갈비 하나 주세요!"

"네, 만 원입니다! 여기 대기 번호 받고 옆에서 기다려 주시면 금방 준비해 드리도록 하겠습니다. 다음 분!"

"대기 번호 받으신 분들은 이쪽에 두 줄로 서 주세요!"

"사장님! 제거 언제 나와요?"

"차돌박이 비빔밥 구이 맞으시죠? 곧 나옵니다! 잠시만요!"

"사장님, 저는…….."

어찌 된 일인지 오늘은 어제보다 더 정신이 없었다.

어제 장 여진의 푸드트럭에서 일했을 때는 디저트 메뉴였기 때문에 오픈하자마자 손님이 몰리지는 않았다.

그러나 '청춘 셰프'팀의 푸드트럭은 식사 메뉴였기 때문일까?

야시장이 개장한 지 얼마 되지 않았는 데도 불구하고, 순식간에 손님이 몰렸다.

'이게, 이게 다 무슨 일이람⋯⋯?'

도진은 고개를 들어 저 멀리까지 이어진 손님들의 줄을 보았다.

다행히 아직은 그렇게 길지 않았다. 문제가 있다면야, 그 줄이 계속 늘어나고 있다는 것 정도.

"잠시만요! 금방 주문 도와드릴게요!"

희준은 정신없이 몰리는 손님들에 식은땀을 닦으며 주문 확인과 결제를 반복하고 있었다.

이미 오픈 전 미리 굽고 있었던 분량은 다 나간 지 오래였다. 인호는 땀을 뻘뻘 흘리면서 주문표를 보고 불판 위에 주먹밥 형태의 비빔밥을 올리기 바빴다.

'분명 종류별로 네 개씩 해서 열두 개나 구웠는데, 언제 다 나간 거지?'

도진은 주문을 마친 후 대기 번호를 손에 꼭 쥔 채 길을 잃은 어린양처럼 불안한 눈빛을 한 손님들을 자신의 앞에 두 줄 세우며 생각했다.

'분명 어제는 초반에 이렇게까지 몰리지는 않았던 것 같은데⋯⋯.'

'청춘 셰프'의 푸드트럭은 분명 야시장 입구의 끝자락쯤에 있었기에 손님이 오려면 한참을 기다려야 하리라 생각했다.

하지만 이게 웬걸.

마치 명품 가게의 오픈 런을 하는 것처럼 일곱 시 정각이 되고 야시장이 열리자마자 사람들이 몰리기 시작한 것이다.

도진은 당황스러움을 감출 수 없었다.

"잠시만요. 줄 똑바로 서 주세요! 13번 손님 여기 불고기 비빔밥 구이랑 떡갈비 드리겠습니다!"

불과 10분 만에 벌써 대기 번호는 30번을 넘어가고 있었다.

그야말로 호황이 따로 없었다.

'장사가 잘되는 건 좋은데 도대체 이게 어떻게 된 일이지?'

도무지 이유를 알 수 없었지만 조금이라도 늦어지면 금방 또 쌓일 기세였기 때문에 일단 당장 몰리는 손님을 쳐 내고 볼 일이었다.

그래서 그런 걸까.

평소의 도진이었다면 누구보다 빠르게 손님들의 웅성거림을 눈치챌 수 있었을 터였지만…….

"야, 맞지……? 와, 진짜 잘생겼다. 셋 다 너무 훈훈한데?"

"어, 맞는 것 같아. 아, 근데 말 걸긴 너무 바빠 보이는데."

"그치? 연예인도 아니고 같이 사진 찍어 달라고 그러기도 좀 그렇고…….."

"그냥 조용히 찍어서 갈까?"

"아, 근데…….."

천재 셰프
회귀하다

"45번 손님, 여기 통 모짜 비빔밥 구이 하나 드릴게요!"

정신이 없는 도진은 손님들이 소곤거리는 말들을 채 듣지 못했다.

시간은 금세 흘러 밤 9시를 향해 가고 있었다.

어느 정도 손님이 빠진 뒤, 드디어 여유를 찾은 세 사람이 겨우 숨을 돌렸다.

겨울의 초입부라고는 하나 입김이 나오는 날씨였다.

그런데도 불판 앞에서 요리하고 있던 도진과 인호는 이마에서 땀방울이 흘러내릴 정도로 땀을 뻘뻘 흘리고 있었다.

그나마 도진은 양호한 편이었다.

"희준이 형, 저 잠시만 위에 티셔츠만 좀 갈아입을게요."

인호는 위에 입은 후드 티셔츠가 젖은 게 보일 정도였다.

안쪽의 반소매 티는 더 흥건하게 젖어 있었다.

인호는 불판 밑으로 쭈그려 앉아 혹시나 더러워질까 싶어 가지고 왔던 여분의 옷으로 갈아입었다.

그런 인호를 보며 희준이 물었다.

"많이 힘들면 지금부터는 내가 불판 맡을까?"

"아니에요, 할 만해요."

"괜찮겠어?"

"네. 그리고, 손님 대하는 건 제가 아직 좀 서툴러서……."

머뭇거리며 대답한 인호는 결연한 표정을 지으며 말을 이었다.

"그래도 이왕 맡은 거니까, 제가 끝까지 해 볼게요."

가슴팍 앞으로 양 주먹을 꽉 쥐며 말하는 인호를 보던 도진이 나지막한 목소리로 중얼거렸다.

"우리 애가 언제 이렇게 다 커서……."

자신의 얘기는 귀신같이 알아들은 인호가 발끈했다.

"내가 왜 애야! 아니거든……."

"아, 혹시 저 입 밖으로 말했어요? 속으로 생각한다는 게 그만……."

"도진이 너! 너는 진짜……!"

그렇게 인호와 도진이 투덕거리는 사이.

어디선가 조심스럽게 그들에게 말을 거는 듯한 소리가 들려왔다.

'뭐지, 손님인가……?'

그런 생각을 하며 내려다본 푸드트럭 아래에는, 두 명의 여성이 서 있었다.

"주문하시겠어요?"

"네, 저 차돌박이 비빔밥 구이 하나만 주세요."

도진은 침착하게 주문을 처리하면서도 어쩐지 낯을 가리는 듯 몸을 비비 꼬며 친구의 뒤편으로 숨는 여성의 모습이 낯이 익었다.

결국 궁금한 걸 참지 못한 도진은 완성된 음식을 내주며 슬그머니 두 사람을 향해 물었다.

천재셰프
회귀하다

"혹시 아까도 오셨던 분들 아니세요?"

"헉! 네, 맞아요! 어떻게 알아보셨지!"

자신들을 알아본 것에 놀란 듯 두 사람은 횡설수설하기 시작했다.

사실 아까도 왔었는데, '서바이벌 국민 셰프'를 보면서 팬이 돼서 혹시 사진 한 장만 찍어 줄 수 있냐며 두서없이 말을 뱉었다.

그런 그들의 모습에 오히려 놀란 것은 도진이었다.

설마 자신에게 팬이 생길 줄이야. 생각지도 못한 일이었다.

하지만.

"저! 완전 팬이에요! 진짜 좋아해요!"

"저도! 저도요! 첫 방부터 챙겨 봤어요!"

푸드트럭의 주방보다 조금 더 낮은, 바깥쪽 손님들이 서게 되는 그곳에는.

자신들을 팬이라 지칭한 앳된 얼굴의 두 여성이 초롱초롱하게 눈을 빛내고 있었다.

야시장이 마감할 시간대가 되자 자연스럽게 손님들이 줄어든 게 눈에 확 띄었다.

도진과 희준은 한가한 틈을 타 기억에 남았던 손님 회상하고 있었다.

앳된 얼굴을 한 채 눈을 빛내며 사진을 찍어 달라고 했던 두 여고생.

'서바이벌 국민 셰프'의 팬이었다며 일일 평가단으로도 왔었다는 말에 세 사람은 놀랄 수밖에 없었다.

그녀들이 도대체 어떻게 전주까지 세 사람을 만나러 올 수 있었을까.

그것의 해답은 의외의 곳에서 찾을 수 있었다.

서울에 사는데 전주까지 한달음에 자신들을 보러 오게 된 이유가 백인호가 올린 게시물 때문이었다니…….

정말이지 짐작조차 못한 이유였다.

"이렇게 여기까지 보러 와 주셨다는 게 정말 고맙네."

"그렇죠. 그나저나 설마 인호 형이 별스타그램을 하고 있을 줄은 상상도 못 했어요."

"그러게, 나는 도진이 너라면 하고 있을 줄 알았는데, 오히려 네가 안 하고 인호가 하고 있을 줄이야."

"저는 SNS는 귀찮아서 못 하겠더라고요. 그나저나 인호 형 별스타 진짜 귀엽지 않아요? 이런 것도 올려 놨어요."

"오, 진짜? 어디 봐."

"제발, 그만……."

백인호는 두 사람의 이야기를 듣고만 있다가 결국 참지 못하고 얼굴을 두 손으로 가리며 겨우 말을 꺼냈다.

두 손 사이의 숨은 얼굴은 빨갛게 타오르고 있었다.

한껏 부끄러워하는 인호를 보며 희준과 도진은 웃음을 터트릴 수밖에 없었다.

"그렇게 부끄러워하지 말아요, 형. 오늘 손님이 몰린 것도 어쩌면 형이 올린 게시물 덕도 좀 있지 않을까요?"

"정말 그럴까?"

도진은 온종일 불판 앞에서 고생하면서도 영 표정이 좋지 못했던 인호에게 격려의 말을 건넸다.

"그럼요! 아니었으면 오늘 첫 장사였는데 이렇게까지 손님이 몰릴 이유가 없지 않았겠어요?"

"다행이다······. 나는 할 줄 아는 것도 많이 없어서 요리라도 열심히 하려고 했는데, 그래도 이렇게 도움이 돼서······."

비 맞은 강아지처럼 안쓰러운 표정을 지으며 말하는 인호의 모습에 도진은 놀랄 수밖에 없었다.

'설마, 이런 생각을 하고 있었을 줄이야······.'

희준과 도진은 각각의 역할이 있었던 반면, 인호에게는 아무것도 맡기지 않았던 탓이었을까.

혼자서 속앓이했을 인호의 모습이 그려져 짠하기도 하면서 귀여운 인호의 모습에 도진이 웃음을 흘렸다.

'이럴 때 보면 정말 애라니까.'

도진은 안심하는 표정을 짓고 있는 인호의 어깨를 두드리며 장난스럽게 말했다.

"형이 별스타그램 올려 줘서 오늘 우리 팬이라는 사람도 오고 그랬잖아요. 형 아니었으면 못 봤을걸요?"

"제발, 그 얘기는 그만……."

인호의 수난 시대는 아직 끝나지 않았다.

방학을 맞아 한없이 여유를 만끽하고 있는 고등학생은 왠지 모르게 뚱한 표정을 하고 있었다.

"도대체 언제 시작하는 거야!"

그녀가 이렇게 하릴없이 침대에 누워 뒹굴뒹굴하며 불평을 뱉어 내고 있는 이유는…….

다름 아닌 애타게 기다리고 있는 '서바이벌 국민 셰프'의 후속작.

스핀오프로 방영되는 '청춘 셰프'의 방영일까지 아직 한참 시간이 남아 있었기 때문이다.

"아직도 2주는 더 기다려야 된다니, 진짜 말도 안 돼. 시간 왜 이렇게 안가?"

첫 방송일이 공지되었음에도 그녀는 그 시간조차 기다릴 수 없는 것이었다.

고등학생은 애타는 마음을 덕질로 달래고자 어김없이 인터넷 속으로 뛰어들었다.

뭔가 떡밥이라도 없을까 싶어 괜히 KTBN의 공식 사이트며 별스타그램에 들어가 보기도 하고…….

이번 방송에 출연하게 되는 백인호의 별스타그램에도 들어가 괜히 이것저것 뒤적였다.

백인호는 가끔 도진과 함께 찍은 사진을 올리곤 했다.

"도진이도 계정 하나 만들면 좋을 것 같은데……."

그렇게 불평하면서도 그녀는 그 하나를 보기 위해서 백인호의 별스타를 팔로우해 두었다.

그리고 그녀는, 과거에 그런 선택을 했던 자신에게 무한한 칭찬을 해 주고 싶었다.

백인호의 가장 최신 글을 확인한 고등학생은 정신없이 그녀의 친구에게 전화를 걸었다.

"야! 당장! 당장 전주 내려갈 준비해!"

-뭐? 그게 무슨 뚱딴지 같은 소리야 갑자기.

"도진이가……! 청춘 셰프가 지금 전주에서 촬영 중이라고!"

-딱 기다려, 30분이면 충분해. 금방 간다.

고등학생의 친구는 그 말을 끝으로 전화를 끊고 사라졌다.

그녀 또한 고등학생의 권유로 '서바이벌 국민 셰프'에 빠져들었기에…….

두 사람 사이의 소통은 '전주에서 촬영 중인 청춘 셰프' 한마디면 충분했던 것이었다.

"엄마! 나 전주 갔다 올게! 밤에 올라 올 거야!"

"뭐? 이렇게 갑자기? 얘! 왜 가는지는 말해 주고 가야지!"

고등학생은 놀란 엄마의 물음은 들리지도 않는 듯 헐레벌떡 뛰쳐나와 서울역으로 향했다.

그녀는 친구와 만난 뒤 가장 빠른 전주행 ktx를 예매했고, 기차로 내려가는 길.

친구는 그제야 고등학생에게 물었다.

"야 근데, 촬영 어디서 하는지는 어떻게 알았어?"

고등학생은 뿌듯한 표정을 지으며 친구에게 핸드폰을 들이밀었다.

그리고 친구는 홀린 듯, 핸드폰을 받아서 들고는 코를 박을 듯이 화면을 쳐다보았다.

친구가 몇 번이고 확인한 그 화면 안에는, 다름 아닌 백인호의 별스타그램 가장 최신 게시글.

그 흔한 해시 태그조차 하나 없이 올라온 단 하나의 사진과 몇 줄의 글이었다.

전주에 왔어요 ^^* 처음이라 너무나 설레는~ 푸드트럭과 함께하는 청춘 셰프! 내가 좋아하는 사람들과 함께해서 더 좋은 하루예요. 낯설고 어색하기만 한 푸드트럭이지만 얼른 친해져 볼게요! 오늘 저녁 한옥마을 야시장에서 처음으로······.(더 보기)

멀찍이서 푸드트럭이 한 프레임에 보이게 찍은 사진은 누가 봐도 '청춘 셰프'라고 적혀 있었다.

"와, 대박. 진짜 대박."

"그치? 대박이지? 나도 이걸 내가 어떻게 찾았는지 진짜······."

"어 진짜 대박. 백인호 뭐야? 방송이랑 별스타 말투랑 갭차이 댕쩔어. 진짜 귀여워. 미쳤나 봐, 진짜."

자신의 대단함을 말하려던 고등학생의 말을 끊은 친구는 백인호의 별스타그램 말투에 흠뻑 빠진 듯 다른 글들을 찾아보며 연신 '대박'을 외치며 숨 쉬듯 감탄을 내뱉었다.

"야, 너는 진짜 사람이 말을 하면!"

그 모습에 고등학생이 울컥하며 소리를 질렀지만, 친구의 귀에는 전혀 들리지 않는 듯했다.

방년 18세.

낙엽이 굴러가는 소리에도 꺄르륵 웃기 바쁜 그 나이대의 여고생 둘이 전주에 내려오면 당연히 거쳐야 하는 코스들이 있었다.

"와, 한복 진짜 예쁘다! 난 이거!"

"아, 그거 내가 입으려 그랬는데······. 그럼 난 이거 입을래."

"오 그것도 예쁘다! 아니다, 우리 커플로 색 맞춰서 입자!"

한복을 빌려 한옥마을의 거리를 걷는 것은 물론이고······.

"여기지? 와, 근데 줄 너무 길다."

"그래도 여기까지 왔는데 사진은 찍고, 맛은 봐야지."

"맞지, 기와집 모양 팬케이크. 놓칠 수 없지."

이곳에만 있다는 핫한 카페 투어까지.

야시장이 개장하기 전까지 두 사람은 제대로 전주 여행을 즐기고 있었다.

그리고 대망의 7시.

그녀들은 6시 30분부터 이미 야시장이 개장되는 거리에 도착해 있었다.

고등학생은 오픈 준비를 하는 중인 푸드트럭들을 힐끔거리며 열심히 돌아다닌 끝에…….

드디어 찾을 수 있었다.

"저기다!"

그녀는 친구의 손을 꼭 붙잡은 채 자신의 눈앞에 있는 어디선가 본 푸드트럭을 올려다보았다.

이내 두 사람은 얼굴을 마주하고 고개를 끄덕였다.

그리고 개장 시간만을 기다린 끝에 오픈 런에 성공한 그녀들은 한정 수량이라는 떡갈비를 쟁취해 낼 수 있었지만…….

너무 많은 사람이 기다리고 있어 차마 말을 걸지는 못했다.

시간은 어느새 9시를 향해 달려가고 있었다.

고등학생은 아쉬운 마음을 뒤로한 채 야시장을 한참 즐긴 뒤 시간을 보고 이제는 돌아가려 했으나, 도저히 발길이 떨어지지 않았다.

친구는 그런 고등학생을 보고는 결단을 내렸다는 듯 입을 앙 다물고 그녀의 팔을 잡아끌며 말했다.

"야, 안 되겠다. 한 번 더 가자!"

결국 그렇게 다시 돌아간 두 사람은 조금은 한적해진 듯한 '청춘 셰프'의 푸드트럭을 보고 함박웃음을 지으며 달려가 말했다.

"팬이에요! 진짜로!"

"저 사진 한 장만 찍어 주시면 안 될까요?"

미인을 얻기 위해서는 용기가 필요하다고 했던가.

최애를 앞에 두고 일생일대의 용기를 낸 두 사람은 결국.

서울로 향하는 기차 안에서 누구보다 행복한 얼굴로 잠들어 있었다.

자정이 다 되어 가는 시간 집으로 돌아온 고등학생은 헐레벌떡 방으로 들어갔다.

"다녀왔습니다!"

기차에서 워낙 많이 잔 터였을까.

잠은 오지 않았다.

짐을 풀어놓은 그녀는 누구보다 빠르게 씻고 돌아와 침대에 뛰어들었다.

"아, 역시 집이 최고야."

그러고는 핸드폰을 꺼내 들어 사진첩에 들어갔다.

사진첩에는 자신과 친구, 그리고 '서바이벌 국민 셰프'의 참가자였던 세 사람이 나란히 두 줄로 서서 어색하게 카메라를 보며 웃고 있었다.

"아, 조금만 더 예쁘게 하고 갈걸."

아무리 봐도 믿기 어려웠기 때문일까.

고등학생은 괜히 몇 번이고 사진을 키워 자기 얼굴과 도진의 얼굴을 번갈아 보았다.

사진이 없었다면 자신이 이렇게 도진을 만나고, '청춘 셰프'의 푸드트럭에서 세 사람이 만든 음식을 사 먹었다는 것이 믿기지 않을 지경이었다.

"잠깐, 이러고 있을 게 아니지."

고등학생은 잠깐 황홀경에 빠져 있다가 금세 현실로 돌아왔다.

세 사람을 만났던 것도 진짜였고, 그들이 푸드트럭을 하고 있다는 것도 사실이었다.

제작진에게 초기 비용의 빚이 생겼고, 그 빚을 다 갚아야 하며, 여행 경비는 푸드트럭으로 벌어들인 수익으로 사용하게 되며, 그 외의 수익금은 모두 결식아동을 위해 기부된다는 것.

천재셰프
회귀하다

잠깐의 대화를 통해 그들이 왜 푸드트럭을 몰고 있으며, 어떤 상황인지 파악한 고등학생은 조금이라도 그들에게 도움이 되고 싶었다.

'첫 방은 2주 뒤니까, 그 전에 원래 서바이벌 국민 셰프 보던 사람들한테 푸시를 먼저 좀 해 볼까.'

그녀는 익숙하게 불과 며칠 전까지도 들어갔던 커뮤니티 사이트로 향했다.

불과 며칠 전까지도 들어가곤 했던 게시판이었기에 익숙하게 상단 탭의 '새 글'을 눌러 글을 쓰기 시작한 그녀의 손은 거침이 없었다.

[제목] '청춘 셰프' 때문에 서울에서 전주까지 간 SULL

음식 사진은 물론이고 자신들의 얼굴을 모자이크한 인증 사진까지 편집해 올린 그녀는 마지막으로 '작성 완료'를 누르며 오늘의 임무를 다한 듯 뿌듯한 얼굴로 잠자리에 들 수 있었다.

그리고 그녀가 잠든 사이.

[새 알림]댓글 : 와, 대박이다……. 이거 진짜야? 나는 전주 사는데 왜 몰랐지

[새 알림]댓글 : 쓰니 진짜 너무 부럽다. 나도 사진 찍고 싶었는

데 뒤에 줄 서 있는 사람이 너무 많아서 찍어 달라고 못 했어ㅜㅜ

　[새 알림]댓글 : 뭐야, 나 오늘 여기 갔다 왔는데 왜 못 봤지?

　[더 보기]

그녀의 핸드폰은 미친 듯이 알림이 쌓이고 있었다.

어느새 야시장의 인파는 개장에 비하면 한참 줄어 있었다.

희준은 푸드트럭의 앞으로 나가 시장을 둘러보며 손님이
빠진 것을 확인하고는 입을 열었다.

"이제 우리도 슬슬 마감할까?"

"이쪽 철판은 미리 청소할게요."

"설거짓거리는 많지 않아서 이쪽으로 몰아 두고 돌아가서
하는 게 나을 것 같아요."

미리 할 일을 분담해 둔 덕인지 마감 또한 일사천리로 이
루어졌다.

그러는 와중에도 주문은 조금씩 들어왔다.

"감사합니다! 안녕히 가세요!"

"희준이 형, 방금 그게 마지막이었어요."

결국 야시장이 마감하기 전 마침내 마지막 하나 남았던 음
식까지 판매를 완료한 세 사람은 작게 '나이스!'를 외치며 환

천재셰프
회귀하다

호했다.

준비했던 모든 분량이 판매 완료되었다.

낮에 준비해 왔던 분량은 야시장이 열리기 무섭게 모두 나 갔다.

오픈 준비를 하면서 밥을 지어 놓지 않았더라면 정말 큰일 이 날 뻔했던 상황이었으리라.

하지만 그것도 금세 모두 팔렸고, 결국 도진은 오늘의 장 사가 끝마무리가 될 때까지 총 세 번의 밥을 지어야만 했다.

도진은 숙소로 돌아와 오늘의 매출액을 정리하며 감탄했 다.

"오늘 우리가 진짜 많이 팔기는 했네요."

"초심자의 행운 뭐 그런 건가?"

"아마 인호 형의 별스타도 은근히 홍보된 게 아닐까요?"

"제발 그만해 줘……."

여전히 별스타그램을 언급하면 치부를 들킨 듯한 표정을 하는 인호를 보며 도진은 낄낄거리며 웃었다.

주문을 처리한 뒤 메뉴별로 개수를 정리해 둔 메모장을 켠 도진은 빈 공책을 하나 들고 금일 판매에 대한 정산을 시작 했다.

정희준이 그 옆을 알짱거리다 노트에 쓰인 매출액을 보고 는 깜짝 놀라 말했다.

"와, 우리 많이 팔았다고는 생각했는데 이렇게나 많이 팔

앉어? 이대로라면 제작진한테 쌓인 빚은 금방 갚겠는데?"

"판매 금액으로만 따지면 많아 보여도 순수익으로 따지면 생각보다 그렇게 많지는 않은걸요."

그렇게 말한 도진은 전체 판매 금액에서 푸드트럭의 유류비와 세 사람의 여행 경비 등의 비용을 제외하기 시작했다.

"우리가 오늘 번 금액이 총 82만 9천 원인데, 이런저런 것들을 제외하고 나면 이 정도가 남는 거거든요."

도진이 노트에 적힌 금액을 강조하듯 밑줄을 그었다.

　
－순수익 : 165,800원
　

희준은 금액을 확인하곤 화들짝 놀랐다.

"뭐야, 정말 이거밖에 안 돼?"

"그마저도 저희 인건비는 제외하고 계산한 거예요."

"와, 오늘 진짜 바빴던 거 같은데……."

희준이 시무룩한 표정을 지으며 한참 동안 그 금액을 바라보고 있었다.

도진은 희준이 왜 그렇게 상심했는지 알 것만 같았다.

첫날이었음에도 판매액 자체는 생각보다 컸다. 다만 문제가 있었다면 자세한 수익률을 따지기에는 시간이 부족하기도 했다는 점이었다.

촉박하기 준비하기도 했고, 푸드트럭은 처음이다 보니 익숙하지 않아 이런저런 연습을 하느라 재료비가 초기에 생각했던 예산보다 더 들었다.

그리고 가장 큰 문제는, 얼마나 들지 모르는 세 사람의 여행 경비였다.

"뭔가, 방법이 필요하겠네요."

한참을 고민하던 도진이 무언가 결심한 듯 결연한 표정을 지었다.

"이야, 도진 씨! 찾으셨다고 들었습니다."

영락없는 사채업자의 모습으로 거들먹거리며 들어온 김 PD가 장난스럽게 물었다.

"첫 장사 수익은 어떻게 좀 나오셨습니까? 여러분 장사하시는 거 보니까 영락없는 청년 사업자들이 따로 없던걸요."

열정 넘치는 모습에 감동했다며 말하는 김 PD는 누가 보아도 얄미운 모습이었다.

"네, PD님. 저희 딜하지 않으실래요?"

"네? 딜요? 허브?"

"아뇨, 협상요!"

김 PD는 도진이 무슨 말을 하는지 알아들었으면서도 모르는 척을 하며 시간을 끌었다.

'무슨 협상을 하려고 그러는 거지……?'

협상의 내용이 전혀 짐작되지 않았던 탓이었다.

"솔직히 양심적으로 식비 같은 건 저희가 충당할 수 있을 것 같은데, 그 외에 드는 여행 경비는 너무 부담이 큰 것 같아요."

도진의 말을 들어 보아 하니 이랬다.

식비와 푸드트럭을 운영하는 재료비는 충분히 충당할 수 있으나, 수유비와 숙박비는 오로지 푸드트럭 운영을 통해 벌어들인 수익만으로는 힘들다는 말이었다.

"PD님, 이래서는 저희 빚 갚으려면 한세월이에요. 제발 조금만 봐주세요."

인건비를 빼고 계산해야지 겨우 마이너스를 면하는 실정이라며 장화 신은 고양이처럼 한껏 불쌍한 표정을 지으며 말하는 도진의 모습에 김 PD는 괜스레 마음이 약해졌다.

"그렇다고 저희가 모두 지원해 드리면 아무래도 프로그램 취지상……."

김 PD가 말끝을 흐리며 고민하는 듯한 모습을 보이자 도진이 냉큼 절충안을 내밀었다.

"그럼 유류비도 저희가 부담할 테니까, 숙소만이라도 해결해 주세요. 네? PD님, 제발요?"

"아, 자꾸 그러시면 곤란한데……."

"어차피 저희 수익은 결국 다 기부되는 거라고 하셨잖아요, PD님. 그럼 수익이 많이 나올수록 더 많은 사람을 도울 수 있으니 더 좋지 않을까요?"

"그렇게 말하면 또 그게 맞기는 합니다만……."

"그럼, 여기다 사인 한 번만 해 주세요!"

도진은 김 PD가 자기 말에 동의하기 무섭게 어디선가 종이와 펜을 꺼내 들어 그에게 들이밀었다.

같은 내용이 적힌 종이 두 장에는 제작진 측에서 세 사람의 숙소를 책임지고 구해 준다는 내용이 적혀 있었다.

자기 손에 펜까지 쥐여 줘 가며 여기다가 사인하시면 된다고 손으로 가리키며 말하는 도진의 모습에 김 PD는 무언가 홀린 듯 사인을 했다.

그가 무언가 이상하다고 느낀 것은 계약서 중 한 장을 들고 제작진의 숙소로 돌아가면서였다.

'분명 처음에는 유류비와 숙소비까지 요구했는데 왜 여기에는 숙소에 관한 내용만……. 잠깐, 애초에 이럴 생각으로 그렇게 말한 거였나?'

정신을 차렸을 때는 이미 늦었다.

김 PD는 자기 손에 들린 계약서를 보며 머리를 짚었다.

'완전히 당했다!'

김 PD는 메인 작가에게 잔소리를 들을 생각을 하니 얼굴이 거무죽죽해진 채로 제작진의 숙소로 향했다.

한편, 숙소에서는 세 사람이 축배를 들고 있었다.

도진은 만족스럽게 씩 웃으며 캔 콜라를 시원하게 들이 켰다.

'이럴 때는 맥주가 좋겠지만…….'

어쩌겠는가, 아직은 미성년자의 신분인 자신을 탓할 수는 없는 노릇이었다.

"이제 3전 2패 1승이네요. 다들 고생 많으셨습니다!"

"근데 정말로, 도진이 너는 언제 그런 걸 생각하고 준비하고 있었던 거야?"

"숙소비까지 들어가면 수익 내는 게 쉽지 않을 거 같아서요. 애초에 인건비는 재능 기부 겸 여행하는 느낌으로 온 거니까 계산 안 한다고 하더라도, 최대한 수익을 많이 내는 방법은 생각해 봐야죠."

"그래도, 진짜 나는 생각지도 못했는데……."

인호가 시무룩한 표정을 한 채 말했다.

도진은 그 모습에 인호의 어깨를 두드리며 말을 이었다.

"이거 말고도 우리가 해야 할 일은 많은걸요. 이제부터 메뉴 선정할 때 어떻게 재료비를 줄일지 한번 고민해 보자고요."

세 사람의 밤은 아직 끝나지 않은 듯했다.

전주에서의 5일은 순식간에 지나갔다.

짧은 시간이었지만 서로 오가며 정들었던 야시장의 사람들과도 인사를 나눈 도진은, 마지막으로 숙소에서 짐을 챙기며 정여진에게 감사의 인사를 건넸다.

"사장님 없으셨으면 정말 어떻게 시작해야 했을지 엄두도 나지 않네요. 감사했습니다!"

"저야말로 덕분에 홍보도 하고 재밌는 경험한걸요. 역시 요리하는 사람들은 다르다고 느꼈다니까."

"언젠가 또 뵐 수 있으면 좋겠어요."

"저는 언제나 길 위를 달리고 있으니까요. 또 만나게 될 기회가 오지 않겠어요?"

세 사람은 자신들을 배웅하는 장 여진에게 마지막으로 인사를 한 뒤.

푸드트럭에 다시금 몸을 실었다.

"다음 가는 곳은 어디일까 궁금했었는데, 설마 부산일 줄이야."

김 PD의 문자가 다음 목적지를 알리고 있었기 때문이다.

"PD님 정말 우리를 전국 일주 시킬 생각이신가 본데?"

"우리 내비게이션 찍어 보니까 숙소 위치가 해안가인데요?"

"그러게, 해안 도로 쪽이네. 바로 앞에 바다 보이겠다."

"희준이 형, 우리도 해안 도로 드라이브······."

도진은 숙소를 확인한 뒤, 시시콜콜한 얘기를 하는 두 사람을 보며 장사를 할 수 있는 장소를 확인하고는 고민에 빠졌다.

'아, 이거 좀 곤란한데…….'

해안 도로를 드라이브할 생각을 하며 행복한 대화를 나누던 두 사람은 어느새 고민에 빠진 도진의 모습을 보며 물었다.

"도진아, 왜 그래?"

"음, 아무래도 저희가 푸드트럭을 열 만한 곳이, 쉽지는 않을 것 같아서요. 아무래도 대부분 바닷가 근처인데 겨울이다 보니 해변에 올 사람이 많을 것 같지는 않아서요."

"맞네……. 겨울에 좀 잘 팔릴 만한 음식으로 고르면 그래도 주변을 지나가는 사람들을 손님으로 불러 모을 수 있지 않을까?"

"일단 지나다니는 사람이 있어야 손님이 올 수 텐데, 어떻게 될지 모르겠네요."

도진의 말을 들은 두 사람은 함께 고민할 수밖에 없었다.

"그럼 우선 무슨 메뉴를 팔지 먼저 골라 볼까요?"

"음, 지나가다가 끌릴 만한 음식이면 이미 알고 있는, 익숙한 맛의 음식이 좋지 않을까?"

"오, 그거 괜찮은 것 같아요."

희준과 도진의 대화를 듣고 있던 인호가 조심스럽게 입을 열었다.

"우리 그럼, 겨울에 포장마차 하면 떠오르는 메뉴들을 팔아 보는 건 어떨까?"

그 말에 도진의 표정이 눈에 띄게 확 밝아졌다.

겨울날 포장마차에서 먹는 어묵 국물 한 잔은 잔뜩 얼어 있던 몸을 녹여 주기에 딱 좋았다.

게다가 지금 가는 곳이 어디인가.

바로 '부산'이었다.

도진이 떠올린 부산하면 생각나는 분식 메뉴는, 물을 넣지 않고 오로지 무의 수분만을 사용해 만드는 매콤 달콤한 무 떡볶이.

그리고 어묵과 함께 꼬치에 끼워 푹 익힌 물 떡이었다.

두 가지 모두 부산에서만 흔하게 찾아볼 수 있는 메뉴였기에 충분히 괜찮을 것 같았다.

게다가 바다 앞이고, 가까운 곳에 해안 도로가 있는 만큼 지나다니는 차들이 잠깐 멈춰서 간편하게 사서 차 안에서 먹기도 좋았다.

거기까지 생각한 도진은 지체 없이 두 사람에게 자신의 의견을 나눴다.

"저 분식 팔면 좋을 것 같은데, 어때요? 떡볶이랑 어묵 같은 거."

"나는 좋아!"

"그러게, 괜찮을 것 같다. 겨울 바다는 추우니까 따뜻한 어묵 국물이면 몸 녹이는 데도 좋고."

모두의 의견이 통합되는 순간이었다.

"그런데, 결국 손님이 우리 푸드트럭까지 와야 할 텐데 괜찮을까?"

인호가 두 사람을 보며 조심스럽게 물었다.

그에 도진이 자신만만한 표정을 하며 대답했다.

"걱정하지 마요, 인호 형. 제가 형 덕분에 좋은 생각이 났거든요."

"응? 내 덕에? 뭔데?"

넉살스러운 표정으로 '아직은 몰라도 된다.'며 말하는 도진의 모습에 정말로 도무지 무슨 일인지 알 수 없었던 인호는 그저 고개만 갸우뚱거렸다.

화제의 청춘 셰프

사람들이 잔뜩 몰려 있는 부산의 한 해안도로 근처의 바닷가.

원래는 이렇게 차가 줄지어 쉬어 가는 곳이 아닌데, 과연 이게 어찌 된 일인가 하니…….

사람들의 손에는 모두 하나씩 컵이 들려 있었다.

"사장님! 저 별스타 보고 왔어요!"

"감사합니다! 주문은 어떤 걸로 하시겠어요?"

"저 떡볶이 1인분이랑 모둠 튀김 1인분 주세요."

"네, 서비스로 어묵 한 꼬치 같이 드릴게요!"

희준은 별스타그램을 보고 왔다며 핸드폰을 들이미는 손님에게 서비스 명목의 어묵 국물이 찰랑거리는 꼬치가 든 컵을 건넸다.

결제부터 음식을 받는 것까지 모두 일사천리로 빠르게 진행되었다.

손님들은 추운 바닷바람을 오래 맞고 있을 필요가 없다는 뜻이었다.

해안도로에서 어떻게 사람들의 발길을 멈출 수 있을 것인가.

그것에 대한 도진의 해답이 바로 이것이었다.

'별스타그램'

도진은 인호의 별스타 게시물을 보고 찾아왔던 이들을 떠올리며 생각했다.

'이건 충분히 홍보 효과가 있겠다!'

그런 생각이 들자마자 부산으로 오던 길. 도진은 내내 핸드폰을 붙잡고 별스타그램 아이디를 만들었다.

평생 해 본 적 없던 SNS를 하려니 익숙하지 않아 잠시 헤매기도 했지만, 그것은 아주 잠시일 뿐이었다.

"형, 저희 앞으로 어디 가는지 여기에다가 공지해 볼까 해요. 그러면 홍보하는 데도 훨씬 좋을 것 같아서요!"

"오, 그거 진짜 좋은 아이디어인 거 같아. 매번 옮겨 다니니까 단골손님 모으는 건 무리라고 생각했는데⋯⋯. 이렇게도 신규 손님을 확보할 수가 있겠구나."

도진의 아이디어에 희준이 감탄하며 말했다.

천재셰프
회귀하다

좋은 의견임이 분명했다.

그렇게 도진은 '청춘 셰프'의 오피셜 별스타그램 계정을 만들었고, 하나의 게시 글을 올렸다.

당일 장사를 하게 되는 곳에 대한 주소가 포함된 게시 글은 '부산', '서바이벌 국민 셰프', '청춘 셰프' 등의 해시태그를 통해 사람들에게 퍼져 나갔고······.

계정을 팔로우하고 당일 올린 게시물에 '좋아요'를 누르고 방문했을 경우 서비스를 드린다는 명목으로 홍보했더니 손님이 조금씩 몰려 해안가에 이렇게 사람들이 몰려 있게 된 것이다.

'나라면 절대 이렇게까지 할 수 있으리라고는 생각도 못했을 거야······.'

인호는 도진이 생각해 낸 아이디어가 대단하다고 느꼈다.

자신이야 그저 일상을 저장하고 싶어 올린 글이었는데, 그런 글에서 아이디어를 얻어 이렇게 많은 손님을 불러 모을 수 있다니.

"도진이 너는 어떻게 이런 생각을 한 거야?"

"이건 형이 해낸 거나 마찬가지죠. 저는 형이 글을 올렸던 게 아니면 정말 생각도 못 했을걸요?"

"그게 도움이 된 거라면 다행이지만, 그래도 결국 도진이네가 다 생각해 낸 거잖아. 정말 대단한 것 같아. 나도 그렇게······."

인호는 자신이 조금이라도 도움이 되었다는 부분에서 만족하며, 다음에는 꼭 진짜 도움이 될 수 있도록 노력해야겠다며 결의를 다졌다.

⊗

김 PD는 정말이지 이적하길 잘했다는 생각이 들었다.

사실 처음부터 흔쾌히 옮기게 된 것은 아니었다. 신생이다시피 한 방송국이었기에 처음에는 고민이 많았다.

하지만 이적하게 되면 하고 싶은 프로그램에 대한 지원은 아낌없이 해 줄 것이라는 말만 믿고 옮겼다.

'사실 밑져야 본전 같은 느낌으로 옮기긴 했지만⋯⋯.'

연봉도 전 회사보다 더 높았기에 아쉬울 필요가 없었다.

게다가 케이블 방송이니만큼 좀 더 과감한 편집을 할 수 있어 재밌을 것 같다는 생각이 들었기에 결국 옮기기로 결심했다.

그리고 그 생각은 틀리지 않았다.

'서바이벌 국민 셰프.'

그전부터 쭉 해 보고 싶었던 포맷인데 이번이 기회라고 생각했다. 서바이벌 프로그램은 흔히들 많이 했지만, 요리와 관련된 서바이벌 프로그램은 지금까지는 국내에서 찾아볼 수 없었다.

먹방이 조금씩 유행을 타고 올라오기 시작한 요즘.

분명 쿡방도 흥할 것이라는 생각이었기에 김 PD는 거기에 서바이벌이라는 시스템을 더해 참가자들의 열정이 가득한 모습뿐만 아니라, 인간적인 모습들도 화면 너머에서 볼 수 있기를 바랐다.

그리고 그 생각이 옳았다는 것은, 어김없이 방송의 반응으로 나타났다.

KTBN 예능국의 역대급 시청률.

아니, 순간 시청률로만 따진다면 예능국뿐만 아니라 방송국 전체로 따져도 역대급의 시청률이 나왔다.

광고도 많이 붙고 방송국에 대한 대중의 인지도 또한 많이 올라와 있었기에

그 덕분에 김 PD는 마지막 방송이 방영되기 전, 국장님과의 식사 자리를 통해 미리 축배를 들 수 있었다.

"이 봐, 김 PD. 이거, 시리즈로 한번 만들어 보지."

"네? 시리즈요? 어이구, 어떻게 또 그런 기회를……."

국장님이 빈 술잔을 채워 주며 시리즈 제작 제안을 했을 때.

김 PD는 한껏 놀란 척을 했지만 사실 속으로는 쾌재를 부르고 있었다.

'내가 말 꺼내기도 전에 먼저 시리즈 제안이라니, 운이 좋았군…….'

처음부터 시리즈를 노리고 기획한 것이었기 때문이다. 하

지만 김 PD의 욕심은 거기에서 그치지 않았다.

김 PD는 크게 마음을 먹은 듯 자세를 한 번 더 고쳐 앉고
는 국장님의 눈을 똑바로 바라보며 말했다.

"국장님, 다음 시리즈 들어가기 전에, 이번 방송의 스핀오
프를 제작해 볼까 하는데 어떻게 생각하십니까?"

아무리 잘나가는 PD라고는 한들, 국장님을 앞에 두고 뻗
대기란 쉽지 않았다.

말을 꺼내면서도 몇 번이나 그냥 서면으로 보고서를 제출
할까 고민했지만, 김 PD는 자신의 눈앞에 놓인 일생일대의
기회를 놓칠 수 없었다.

그런 그의 마음을 알아차린 것일까.

국장님은 긴장한 듯 굳어 있는 김 PD의 어깨를 툭툭 두드
리며 입을 열었다.

"물론이지. 내가 자네를 데려올 때, 자네 하고 싶다는 거
최대한 다 지원해 준다고 하지 않았는가."

국장님이 스핀오프에 대해 흔쾌히 허락해 준 이유 중에는
분명 '서바이벌 국민 셰프'의 방송 당시 참가자들끼리의 케미
가 워낙 좋기도 했고, 다음 시리즈가 제작되기 전에 화제성
을 끌어모으기도 좋다는 것도 있을 것이었다.

워낙 '서바이벌 국민 셰프'의 반응이 좋았기에 참가자들이
나오는 후속으로 제작된 예능이라고 하면 사실상 보장된 시
청률이나 마찬가지였다.

하지만 이렇게 말뿐이라고 하더라도 자신과 한 약조에 대해 말을 꺼낸 그가 정말 고마웠다.

'사실상 지켜지지 않는다고 하더라도 어쩔 수 없다고 생각했던 일이었는데…….'

이렇게 직접 국장님의 입을 통해서 약조를 듣게 된 김 PD는 감동이 차오른 채 국장님을 우러러볼 수밖에 없었다.

'진짜 열심히 준비해야겠다.'

그렇게 시작된 스핀오프는 사실 '서바이벌 국민 셰프'의 촬영이 시작할 때쯤부터 차차 구상해 왔기 때문에 기획하는 데에 있어서는 큰 어려움이 들지 않았다.

제작 지원금도 넉넉히 받았기에 모든 일은 눈 감았다 뜨면 해결되어 있을 정도였다.

'역시 제작비가 넉넉하면 안 되는 게 없다니까…….'

푸드트럭을 중고로 구하고 설비를 재정비한 뒤 도색을 하는 것까지 일사천리로 끝났다.

차량 보험은 물론이고 제작진의 숙소를 구하는 일부터 시작해서 푸드트럭의 영업을 하게 될 장소까지.

촬영 준비는 누구보다 빠르게 진행되었고, 난관이라고 생각했던 섭외 또한 잘 마무리되었다.

그리고 드디어, 촬영 2주 차가 끝나 갈 무렵.

김 PD가 영혼을 갈아 넣어 편집한 '청춘 셰프'의 첫 방송을 앞두고 있었다.

"후, 이거 묘하게 긴장되네."

김 PD는 좁은 편집실 안에서 핸드폰으로 실시간 방송을 틀었다.

그가 '치이익–'하며 맥주 캔을 따는 소리와 함께…….

－떠난 줄 알았던 서바이벌 국민 셰프, 청춘을 위해 돌아오다! 좌 충우돌 그들의 푸드트럭 여행기. 지금 바로 시작합니다!

방송의 인트로가 시작되었다.

부산의 숙소는 커다란 창밖으로 보이는 오션뷰가 일품이었 으나 지금 세 사람에게는 그것보다 더 중요한 것이 있었다.

바로 나란히 놓인 침대 바로 앞에 자리하고 있는 커다란 TV.

"형! 시작했어요? 아직 안 했죠?"

세 사람 중 가장 늦게 씻은 도진이 나오며 물었다.

젖은 머리를 털며 침대 앞에 서서 TV를 바라보던 도진이 안도의 숨을 내쉬었다.

"휴, 시작한 줄 알았네. 오늘 정산은 이거 다 보고 해요. 기분인데 야식이라도 시켜 먹을까요?"

오늘을 판매액이 꽤나 적지 않았던 탓일까.

평소 같았으면 어림도 없을 일이었지만, 도진의 씀씀이가 조금은 커진 듯했다.

"오, 웬일이야?"

"그냥, 오늘은 좀 많이 팔기도 했고, 바빠서 저녁도 제대로 못 먹었는데 첫 방까지 보면서 그냥 볼 수는 없잖아요."

"그럼 치킨 시키자! 맥주는 내가 내려가서 사 올게!"

그렇게 모든 준비를 마친 뒤.

세 사람은 배달 온 치킨을 탁자에 세팅하고, 인호와 희준은 캔 맥주를, 도진은 캔 콜라를 들고 건배했다.

"다들 오늘 하루도 고생 많으셨습니다!"

"내일도 힘내야 하니까 조금만 마시기!"

도진은 두 사람에게 당부하면서 콜라를 홀짝이며 TV를 바라보다 이내 두 눈을 크게 떴다.

"시작! 시작하려나 봐요!"

'서바이벌 국민셰프'를 촬영할 때는 그래도 일반인이 참가하는 서바이벌 프로그램이라는 느낌이 강해서 그다지 실감이 나지 않았는데…….

이렇게 세 사람만 출연하는 프로그램이 나오니 정말 무슨 예능 프로그램에 나온 것 같은 기분이 들었다.

도진은 TV 화면 너머로 보이는 자기 모습이 어색하기만 했다.

"와, 우리 이렇게 보니까 진짜 카메라랑 너무 안 친하다."

"의외로 인호 형이 제일 자연스러운데요?"

"나는 카메라가 있는 걸 자꾸 까먹어서⋯⋯."

카메라 감독님이 따라붙기는 했지만, 자연스러운 촬영을 위해 관찰 예능처럼 여기저기 카메라를 설치해 촬영한 것들이 많았다.

서바이벌 프로그램에서도 물론 숙소 내부라든가 여기저기 카메라가 많았지만, 이렇게 많지는 않았던 데다가 숨겨진 채 설치되어 있었기 때문에 잘 몰랐지만⋯⋯.

'청춘 셰프'의 경우 차량은 물론이고 숙소 여기저기에 대놓고 '나 여기 있소.' 하면서 설치된 카메라에 다들 한 번씩은 신기한 듯 쳐다보고, 만지작거리고 지나가기 일쑤였다.

물론 그것은 도진도 마찬가지였다.

숙소에 설치된 카메라가 자신의 움직임에 따라 움직이는 것이 신기했는지 몇 번이고 카메라 앞을 왔다 갔다 하는 자기의 모습이 TV에 비치자 도진은 고개를 푹 숙였다.

무릎 사이에 고개를 파묻은 도진의 귀가 붉어진 것을 본 인호가 도진을 보며 웃었다.

"부끄러워? 괜찮아, 신기할 수도 있지."

그렇게 말하는 인호의 모습이 괜히 형 같은 모습을 하고 있어 도진은 수치스러움에 고개를 들 수 없었다.

'그래도, 원래 내가 나이가 더 많은데⋯⋯.'

천재셰프
회귀하다

그러는 사이에도 방송은 여전히 이어지고 있었다.

방송이라고는 전혀 모르는 날것 그대로인 세 사람의 좌충
우돌 푸드트럭 적응기의 시작을 알리는 첫날이었다.

⬥

─청춘을 만끽하기 위해 돌아온 세 명의 셰프들, '청춘 셰프' 곧
시작합니다. 잠시만 기다려 주세요!

"얘! 소리 좀 줄여 봐, 엄마 귀청 떨어지겠다!"
"미안, 미안. 줄였어!"

고등학생은 한껏 떨리는 마음을 겨우 진정시킨 채 TV 앞
에 앉아 있었다.

전주에 다녀온 지 벌써 2주가 지나고, 드디어 오늘.

'청춘 셰프'의 방영일이었기 때문이다.

전작이었던 서바이벌 예능의 시청률이 워낙 잘 나와서일까.

보통 스핀오프로 나오는 후속작의 경우는 그 전 작품이 하
던 시간대에 들어가는 것이 보통이었으나······.

'청춘 셰프'는 주말 예능의 황금 시간대인 토요일 10시에
방영되었다.

'이날을 얼마나 기다렸던지!'

그녀가 가장 궁금한 것은, 과연 방송에 자신도 나올 것인

지였다.

분명 푸드트럭 앞에 촬영되고 있으니 방송에 얼굴이 노출될 수도 있는 점 양해 부탁드린다는 안내문이 붙어 있었다.

보통이라면 방송에 자신의 모습이 안 잡히기를 바라는 이들이 대부분이겠지만…….

그녀의 생각은 조금 달랐다.

'내 최애와 한 프레임에 박제될 수 있는 흔치 않은 기회다. 평생 소장해……!'

아직 방송이 시작하기 전임에도 불구하고 VOD(Video On Demand : 사용자가 방송을 요청만 하면 동영상을 마음대로 볼 수 있는 서비스)까지 사서 두고두고 돌려 볼 생각을 하는 고등학생이었다.

그녀가 얼마나 이 덕질에 진심인지 말하자면…….

'서바이벌 국민셰프'의 일일 평가단으로 갔던 일은 물론이고 자신의 표가 도진을 향한 것이 맞았다는 것.

그리고 자신이 제일 응원했던 도진을 코앞에서 본 날을 기념하고자, 함께 찍은 사진을 인화해 다이어리에 붙이고 기념일로 적어 놓을 정도였다.

아무튼 그런 탓에 오늘의 방송을 애타게 기다려 온 그녀는 첫방이 시작하기 한참 전부터 TV 앞에서 요지부동이었고.

─좌충우돌 그들의 푸드트럭 여행기. 지금 바로 시작합니다!

방송의 시작을 알리는 인트로 멘트에 '꺅!' 하며 소리를 지르기에 이르렀다.

방송 내내 그녀는 좀 더 그들의 생생한 일상을 엿볼 수 있는 것에 대해 감사했다.

'진짜 PD님, 이런 리얼리티 관찰 예능을 기획해서 하필 또 이렇게 이 세 사람의 조합으로 만들어 주시다니, 복 받으실 거예요…….'

서바이벌 프로그램에서도 분명 숙소 생활의 모습을 가끔 비춰 주긴 했지만 아무래도 요리 서바이벌에 대해 좀 더 초점이 많이 맞춰져 있었다.

하지만 '청춘 셰프'는 도진의 일상적인 모습들을 좀 더 보고 싶어 했던 그녀의 니즈(needs)를 충분히 만족시켜 주고 있었다.

어른스러운 줄만 알았던 도진의 귀여운 모습은 물론이고, 형들과 함께 지내며 보여 주는 케미는 정말이지 이래도 되나 싶어질 정도였다.

'누가 보면 삼 형제인 줄 알겠네. 왜 이렇게 잘 어울려? 다들?'

어느덧 방송은 장 여진의 푸드트럭에서 일일 알바를 하게 된 세 사람을 비추고 있었다.

장 여진이 잠시 자리를 비운 츄러스 푸드트럭은 갑작스럽게 손님이 몰리기 시작했고, 그 덕에 세 사람이 우왕좌왕하며 당황하는 모습을 마지막으로 방송이 끝났다.

"아, 왜 이렇게 빨리 끝난 것 같지⋯⋯."

아쉬운 마음을 홀로 중얼거린 그녀는 이내 TV를 끄고 자신의 방으로 향하며 핸드폰을 들어 손이 기억하는 익숙한 커뮤니티로 향했다.

모두가 '청춘 셰프'에 대한 이야기로 들떠 있었다.

[NEW] 푸드트럭이라니! 진짜 너무 청춘 아니냐;;

[NEW] 와, 이거 여름에 했으면 진짜 청량 청춘 예능 그 자체였을 것 같은데, 너무 아쉽다.

[NEW] 야, 대박소식 청춘 셰프 오피셜 별스타 뜸

[NEW] 지금 촬영하고 있는 곳 부산, 나 갔다 왔어 (인증샷 첨부)

그리고 그 사이에는 고등학생의 이목을 끄는 단어가 섞여 있었다.

'청춘 셰프 오피셜 별스타그램.'

그녀는 당장 게시 글을 눌러 첨부되어 있던 링크를 타고 들어갔고, 이내 감격할 수밖에 없었다.

'와, 진짜⋯⋯. 어떻게 이걸 만들 생각을 한 거지? 누가 만들었는지는 몰라도 진짜 상이라도 주고 싶다.'

공식 계정이라고 적힌 별스타그램에는 그날 판매하게 되는 메뉴와 푸드트럭이 있는 장소, 그리고 서비스 등에 대한 것들이 적혀 있었다.

정말 말 그대로 푸드트럭의 홍보용 계정 같았다.

하지만 그녀가 보고 감탄한 것은 따로 있었다.

바로 중간중간 섞여 있는 세 사람이 함께 찍은 셀카는 물론.

일상적인 모습들의 영상.

그리고 푸드트럭을 타고 이동하면서 찍은 짧은 영상들.

푸드트럭을 홍보하는 글과 함께 적절한 비율로 올려진 글들에 그녀는 놀랄 수밖에 없었다.

이 계정을 관리하는 사람이 누군지는 몰라도 정말 모두가 원하는 것을 정확하게 알고 마케팅에 이용하고 있는 것이 틀림없다고 생각했다.

정작 이 계정을 만들게 된 도진이 자신에게서 아이디어를 얻었을 것이라고는 상상도 하지 못한 고등학생은 그저.

'지금은 부산이라고? 떡볶이 나도 좋아하는데, 또 가면 엄마한테 혼나겠지? 이렇게 전국을 돌면 다시 서울로 돌아오려나…….'

열심히 청춘 셰프의 별스타그램을 구경하며 '서울이라면 나도 한 번 더.'라는 부푼 꿈을 키워 가고 있었다.

⚜

한편, 첫 방송의 모니터링을 한 세 사람은 다음 날 장사 준비와 당일 정산 마감으로 인해 느지막한 오전이 되어서야 눈을 떴다.

도진은 큰 통 창에서 내리쬐는 햇볕에 눈을 찌푸리며 일어나 시간을 보고 한번.

쌓여 있는 알림을 보고 또 한 번 놀랐다.

"이게, 이게 뭐지……?"

잠이 덜 깼나 싶은 마음에 눈을 비비며 다시 한번 핸드폰을 확인한 도진은 곧장 화장실로 들어갔다.

그러고는 누구보다 빠르게 세수하고 돌아와 심호흡하고는 조심스럽게 엎어 뒀던 핸드폰을 뒤집어 들었다.

그러고는 다급하게 백인호와 정희준을 불렀다.

"형! 형들! 잠깐만! 잠깐만 와 봐요! 이거 좀 봐!"

깜짝 놀라 자신들을 찾는 도진의 목소리에 인호와 희준은 준비하다 말고 헐레벌떡 뛰어왔다.

"무슨 일……?"

"뭐야! 뭐 문제라도 생겼어?"

평소에 호들갑의 '호'도 모르는 듯 언제나 침착하게 굴었던 도진이 이렇게 자신들을 찾는 일이 드물었기에 더욱 놀란 그들의 앞에 도진이 들이민 핸드폰 화면에 띄워진 것은 다름 아닌…….

─청춘 셰프 Official

－팔로워 1,503명 팔로우 53명

 불과 어젯밤까지만 하더라도 맞팔한 사람은 53명뿐이었던 계정이 '청춘 셰프' 첫 방송 이후에 갑작스럽게 팔로워가 늘었다.

 "어제 방송에서는 별스타에 대한 내용은 전혀 나온 게 없는데 도대체 어떻게 된 걸까요……?"

 도진은 놀란 마음을 간신히 진정시킨 뒤 이 일이 어찌 된 영문인지 다시금 확인했다.

 아무리 봐도 바뀌지 않는 팔로워의 숫자.

 넋을 놓은 듯한 도진의 모습을 옆에서 지켜보던 백인호가 입을 열었다.

 "어제 첫 방송 덕에 화제가 돼서 사람들 사이에 화제가 된 게 아닐까?"

 그럴듯한 가정이었으나, 그렇다면 더 놀라운 일이었다.

 이렇게 하루아침에 기존의 30배나 늘어날 정도라면 과연 '청춘 셰프'의 첫 방송이 얼마나 큰 화제성을 가지고 있다는 말일지…….

 도진은 김 PD의 입이 귀에 걸린 게 눈앞에 선하게 보이는 듯한 기분이었다.

 "일단 저희 오늘 장사 3시라고 공지해 놨으니까, 얼른 씻고 오픈 준비부터 할까요?"

여전히 쌓여만 가는 알림을 뒤로한 채 세 사람은 다시금 요 며칠 사이 익숙해진 일상으로 돌아갔다.

숙소 내에 마련되어 있는 공용 주방으로 간 세 사람은 가장 먼저 시원하고 얼큰한 어묵 국물을 위한 육수를 먼저 우려낸 뒤.

가장 기본인 저렴한 어묵꼬치부터 시작해서 다양한 맛의 꼬치를 준비했다.

그러고는 떡볶이의 재료를 준비하던 도진은 어디선가 느껴지는 시선에 머쓱함을 감출 수 없었다.

숙소의 공용 주방이다 보니 펜션을 이용하는 다른 이들도 모두 사용할 수 있는 곳이었다.

그러다 보니…….

"야, 야. 저기 봐 봐. 맞지?"

"헉. 진짜네…….'

자기들끼리 조용히 얘기한다고 하지만 아무리 그래도 한 공간에서 하는 말이었다.

'혹시 어제 방송을 보고 알아보신 걸까?'

대놓고 아는 척을 하지는 않았지만 흘끔거리는 시선이 민망했다.

어쩐지 연예인이라도 된 듯한 기분에 지켜보는 시선들을 의식하게 된 도진은 괜히 더 열중해서 준비하는 척을 하는 수밖에 없었다.

천재셰프
회귀하다

산더미같이 쌓여 있던 준비거리는 순식간에 정리되었다.

세 사람이 묵묵히 손을 놀린 결과물이었다.

그런 와중에도 별스타그램의 알림은 쉴 틈 없이 올라오고 있었다.

누군가가 팔로우했다는 알림부터 시작해서 '좋아요'를 눌렀다는 알림, 메시지가 왔다는 알림까지.

도진은 정신없이 휘몰아치는 알림들에도 굴하지 않고 꿋꿋이 오늘의 장사 메뉴와 장소를 게시한 뒤.

"자, 오늘도 한번 나가 볼까요?"

방송 후 첫 장사를 나갔다.

그리고 예상은 했지만, 방송의 여파는 그들의 생각보다 좀 더 컸음이 분명했다.

이미 일찌감치 몰려 있는 차들에 놀란 세 사람은 급히 푸드트럭의 오픈을 서둘렀고, 이 전보다 훨씬 몰리는 사람들에 그제야 확실히 방송의 여파를 확인할 수 있었다.

"사장님! 첫 방 보고 달려왔어요!"

"저 서바이벌 국민 셰프 때부터 봤는데, 팬이에요!"

확실히 이 전에 비해서 손님도 많이 온 데다가 대놓고 방송을 봤다며 알은체하는 손님들이 늘어나자 그나마 익숙해졌던 일들도 어쩐지 어색해졌다.

재료 소진으로 당일 장사를 일찍 마무리한 뒤 숙소로 돌아온 세 사람은 한껏 긴장하고 있었던 탓인지 여느 때보다 지쳐 있었다.

"정말 실수 없이 마무리해서 다행인 것 같아요."

"진짜로. 좀 익숙해졌다 싶었는데, 오늘 진짜 정신없었네."

백인호가 숙소에 돌아오자마자 겨우 숨을 돌리며 말하자 정희준 또한 그의 말에 심히 공감했다.

하지만 도진에게 그런 것은 뒷전이었다.

쉴 틈 없이 오는 알림에 핸드폰 진동도 꺼 놓고 있었는데, 결국은 전원까지 꺼진 것을 확인한 도진은 백인호와는 다른 의미의 한숨을 내 쉬었다.

'이걸 하나하나 다 확인할 수도 없는 노릇이고…….'

겨우 켜진 핸드폰을 붙들고 가장 먼저 한 일은 별스타그램의 알람을 끄는 것이었다.

그리고 이내 하나씩 알림을 처리해 나가던 도진은 마지막으로 다다른 메시지 창을 정리해 나가다 문득.

"어? 이건…….."

눈에 띄는 내용을 하나 발견했다.

[DAJEONG : 안녕하세요. 저는 우성여고에 다니고 있는 열아홉 살 김다정입니다. 우연한 기회에 청춘 셰프를 알게 되고 첫 방송을 보게 되었습니다. 저는 곧 졸업이라 친구들과 마지막으로 학교에서 특별한 추억을 남기고 싶은데, 푸드트럭이라면 어디든 갈 수 있는 게 맞겠죠? 혹시…….]

메시지를 누르자 길게 이어지는 내용을 훑어본 도진은 곧
장 김 PD에게 전화를 걸었다.

"김 PD님, 제가 PD님이 좋아하실 만한 생각이 들었는데
혹시 한번 들어 보실래요?"

그렇게 말하는 도진의 입꼬리는 무언가 재미있는 건수라
도 건진 사람처럼 한껏 올라가 있었다.

❈

부산에서의 나흘은 순식간에 흘러갔고, 숙소를 떠나는 날
아침.

펜션의 체크아웃을 하던 도진은 어느덧 양팔 가득 올라간
온갖 채소와 과일들을 버겁게 끌어안고 있었다.

"사장님, 이제 진짜 그만 주셔도 괜찮아요. 지금도 너무
많은걸요."

"아유, 내 정신 좀 보게. 여보, 우리 밑반찬 싸 둔 거! 얼른
좀 가져와 봐요!"

"마, 단디 좀 챙겨라! 잊아뿐 거 같아가 내 말 안 해도 챙
겨 왔다 안 카나."

"정말, 감사합니다."

펜션 사장님 부부는 방송 잘 봤다며 젊은이들이 어쩜 그리
싹싹하냐고 기특하다며 온갖 식자재들을 챙겨 주셨다.

도진은 조용히 체크아웃만 할 생각이었기에 몇 번이고 괜찮다며 마다했지만 무작정 안겨 주는 통에 결국 두 손이 무겁게 푸드트럭으로 돌아왔다.

먼저 나와 짐을 챙기고 있던 백인호와 정희준은 도진의 품에 안긴 것들을 보며 깜짝 놀란 듯 물었다.

"그게 다 뭐야?"

"와, 완전 싱싱해 보여. 이거 펜션 뒤뜰에서 키우던 채소인가?"

"사장님이 주셨어요. 고생할수록 잘 챙겨 먹고 다녀야 한다면서……."

도진이 주섬주섬 트럭 안 냉장고에 재료를 정리하고는 푸드트럭의 가운데 좌석에 올라타며 말했다.

"아무튼 한동안은 먹을 거 걱정 안 해도 될 것 같아요. 자, 이제 정리 다 끝났으면 빨리 출발해 봅시다!"

오늘따라 유독 서두르는 듯한 도진의 행동은 모두 이유가 있었다.

그들이 오늘 향하는 곳.

그곳은 원래의 일정에 없었기에 마치 시나리오에서 벗어난 일탈을 하는 기분이었기 때문이다.

도진은 며칠 전 김 PD와의 통화를 떠올렸다.

─울산에 들르겠다고요? 갑자기 무슨……?

자신의 선전포고 같은 발언에 깜짝 놀란 김 PD의 목소리가 아직도 도진의 귓가에 선했다.

이 여정의 시작은 도진이 운영하는 '청춘 셰프' 푸드트럭의 공지용 별스타그램으로 온 하나의 메시지로부터 시작되었다.

우성 여자 고등학교 3학년 김다정.

이제 곧 졸업식을 앞두고 있다는 그녀가 밑져야 본전으로 보낸 메시지.

도진이 보여 준 그 메시지는 김 PD는 구미가 당길 수밖에 없었다.

'갑작스러운 돌발 이벤트라니!'

언제나 예상하지 못한 일에서 생동감 넘치는 즐거움을 담을 수 있다고 생각하는 김 PD가 가장 좋아하는 것이었다.

그렇기에 그가 이런 기회를 놓칠 리가 없었다.

－좋습니다! 가 보시죠!

김 PD의 오케이가 떨어진 뒤로 모든 일은 일사천리로 이루어졌다.

"어차피 1박이니까 숙소는 가까운 곳으로 잡고……."

"네, 울산에 우성 여고 맞을까요? 다음이 아니라 이번 졸업식 하는 날 혹시……."

숙소를 잡고 학교에 협조를 요청하고 방문 일정을 조율하는 것까지.

어느 것 하나 거침없이 진행되는 속도에 김 PD가 '미리 준비하고 있었던 거 아니냐.'며 혀를 내두를 정도였다.

모든 것을 준비해 둔 채 떠나는 울산행은 그저 가벼운 마음이었다.

"우리 그럼 무슨 메뉴 팔지만 고르면 되는 건가?"

"음, 학교니까 저는 분식 그대로 팔아도 괜찮을 것 같아요."

"그럼, 메뉴는 그대로 유지하고 몇 인분으로 파는 게 아니라 컵 단위로 파는 건 어때?"

한참을 조용히 듣고만 있던 인호의 입에서 나온 아이디어를 들은 도진은 저도 모르게 '이거다!'라며 외쳤다.

순간적으로 터져 나온 탄성에 깜짝 놀란 도진은 토끼 눈을 뜬 채 두 손으로 입을 가렸다.

그 모습에 정희준이 웃음을 터트리며 말했다.

"확실히 좋은 아이디어인 것 같네. 딱 학교 앞 분식집 느낌 나고 좋을 거 같아. 컵은 우리 어묵 서비스로 드리던 긴 종이컵이면 되려나?"

"네! 좋을 것 같아요!"

졸업식은 학교에서의 마지막 추억이나 마찬가지였다. 그 마지막까지 학창 시절의 추억을 가득 담아 줄 수 있다면 그야말로 금상첨화였다.

도진은 자기가 다 기대되는 듯이 한 얼굴이었다.

천재셰프
회귀하다

'졸업식은 오랜만인걸. 진짜 설레었는데.'

지금은 고등학교 2학년이었지만 이미 고3의 졸업식을 한번 겪었던 도진으로서는 풋풋한 추억을 되살리는 기분이었다.

여전히 졸업식을 하던 날을 떠올리면 도진은 웃음이 나왔다.

학교 다닐 적 그렇게 친했던 친구들과의 이별을 앞둔 날이었다. 하지만 만남이 있으면 이별이 있고, 이별이 있으면 또 다른 만남이 있듯…….

이제 성인이 되어 또 다른 새로운 만남을 하게 될 서로를 향해 순수하게 무한한 응원을 보낼 수 있었던 그날의 어리고 풋풋했던 자신과 친구들이 그리웠다.

분명 이들도 같은 경험을 할 터였기에 도진은 이날의 기억을 떠올렸을 때 되도록 행복하기를 바랐다.

도진은 울산에 도착해 미리 교내를 둘러보고 재료를 준비하는 순간까지 실수 없이 모든 일이 잘 끝나길 바라며 심혈을 기울였다.

하지만 그런 도진의 마음을 알 턱이 없는 정희준과 백인호는……

"인호야, 도진이 아무래도 오랜만에 학교에 가는 거라 좀 신난 것 같지?"

"근데, 자기네 학교도 아닌데 그냥 여고라서 신난 거 아닐까요……?"

"아, 그런 건가. 전혀 관심 없는 줄 알았는데, 도진이도 남자였네."

이상한 오해를 쌓아 가는 중이었다.

졸업식이 시작되는 날 아침은 유독 정신이 없고 분주했다.

김다정은 3년 내내 지겹도록 입었던 교복을 마지막으로 입는다는 생각에 새삼스러운 기분이 들었다.

"학교에 다닐 때는 그렇게 입기 싫었는데, 괜히 마지막이라 그러니까 더 챙겨 입게 되네."

학교에서는 언제나 치마 안에 체육복을 입고, 재킷 대신 후드티를 걸치고 다녔는데…….

오늘 같은 날은 빳빳한 와이셔츠에 넥타이는 물론 조끼에 재킷까지 유독 깔끔하게 챙겨 입고 싶어지는 게, 모두 마지막이라 그런 듯했다.

잘 실감이 나지는 않았다. 정말로 졸업이라니. 이런 날이 올 줄은 몰랐는데.

졸업식 현수막이 걸린 정문 앞 정신없이 널려 있는 꽃다발을 파는 꽃집 사장님들을 보니 새삼스럽게 오늘이 졸업식인가 보다 싶었다.

그러다 문득.

"아, 진짜 내가 왜 그랬지……."

그녀는 졸업을 앞두고 근래에 한 평소답지 않았던 자신의 행동을 떠올렸다.

처음 그들을 본 것은 인터넷에 떠돌아다니는 짧은 영상에서였다.

그러다 수능이 끝나고 시간이 남아돌 때, 갑자기 생각나 처음부터 몰아보게 된 프로그램이 바로 '서바이벌 국민 셰프'였다.

별생각 없이 보게 된 예능은 어느새 그녀에게 스며들어 있었다.

꿈을 향해 도전하는 그들의 모습에 저도 모르게 응원하던 그녀는 괜히 자신의 처지가 떠올랐다.

하고 싶은 일은 잘 모르겠고, 겨우 수능 점수에 맞춰서 어영부영 가는 대학.

그저 널리고 널린 서바이벌 예능 중 유일한 요리 서바이벌 프로그램이라고 하기에 조금 더 흥미롭게 보게 된 것인 줄 알았는데……

마지막 화까지 다 보고 나니 결국 그런 것이 아니었다.

자신에게는 없는 꿈을 향해 노력하는 그들의 모습이 빛나고 부러워 그렇게도 몰입해서 보게 된 것이었다.

홀린 듯이 서바이벌 국민 셰프의 스핀오프로 나온 '청춘 셰프'의 첫 방송까지 보게 된 김다정은 문득 궁금했다.

'저런 사람들은 실제로 만나도 저렇게 반짝반짝할까?'

그런 생각에 저도 모르게 메시지를 보낸 것이었다.

[DAJEONG : 혹시 우리 학교 졸업식에 와 주실 수 있나요? 고
등학교 생활의 마지막을 잊을 수 없는 추억으로 남기고 싶어요.]

정문을 지나 졸업식이 진행되는 강당까지 오는 길.

푸드트럭은커녕 그 비스름한 것조차 코빼기도 보이지 않
는 모습에 김다정은 아쉬워해야 할지, 다행이라고 생각해야
할지 알 수 없는 묘한 기분에 휩싸였다.

─이것으로 우성 여자 고등학교 34기 졸업식을 마치도록 하겠습
니다.

마침내 교장 선생님의 기나긴 훈화 말씀이 끝나고, 졸업식
이 끝난 순간. 조용했던 강당은 순식간에 웅성거리는 소리가
파도처럼 넘실거리기 시작했다.

저마다 친한 친구들끼리 삼삼오오 모여 졸업하더라도 꼭
연락하고 지내자며 마지막이 아니길 바라는 말을 나누고 있
었다.

김다정도 마찬가지였다.

"야, 우리는 학교도 가까우니까 자주 보는 거다?"

"당연하지, 공강 절대 맞춰!"

학창 시절 내내 가장 친했던 친구와 다음을 기약하는 말을 하던 중, 친구가 문득 생각났다는 듯 물었다.

"근데 너 저번에 메시지 보냈다 그랬던 것 어떻게 됐어?"

"어? 무슨 메시지?"

"왜 그 있잖아. 열정 셰프인지 청춘 셰프인지 하는 프로그램."

"야, 쪽팔리니까 말하지 마. 아, 진짜 내가 그걸 왜 너한테 말해서는, 어차피 말도 안 되는 일이었어."

어차피 워낙 알림이 많이 쌓여 메시지를 제대로 읽어 보지도 않았을 터였다.

고등학생은 터무니없는 짓을 한 자신이 괜히 부끄러워 친구의 시선을 겨우 무시하며 강당을 나섰고…….

이내 저 멀리, 어떤지 사람들이 잔뜩 몰려 있는 곳에 시선을 빼앗겼다.

"분명 말도 안 되는, 일인데……."

저 멀리, TV 화면 너머로 보았던 익숙한 푸드트럭이 서 있었다.

"네! 컵 떡볶이 하나 드릴게요!"

"여기 어묵 두 개 하신 분!"

"잠시만요, 금방 주문 도와드릴게요!"

교문 앞에 자리를 잡은 '청춘 셰프'의 푸드트럭은 정말 정신없이 장사가 잘되었다.

사실상 거의 원가 수준의 저렴한 판매 금액은 물론이고, 분식이란 메뉴 자체도 호불호가 크게 갈리지 않았기 때문이다.

자식의 졸업식을 보러 온 부모님들은 물론, 선배의 졸업을 축하하기 위해 모인 후배들에게도 단연 인기가 좋았기 때문이다.

강당에서는 졸업식이 끝난 듯 어느새 학생들이 우르르 몰려나왔다.

저마다 자신들이 원하는 곳 앞에서 졸업장을 들고 부모님과 또는 친구들과 연신 사진을 찍으며 웃음이 끊이지 않는 이들이 있는가 하면……

이제는 친구들과 매일 만날 수 없다는 사실이 아쉬운 마음에 울컥 터져 버린 눈물을 참지 못한 채 엉엉 울고 있는 이들도 있었다.

졸업식이 끝난 뒤, 이른 오후가 되자 졸업생들은 하나둘씩 교정을 떠나기 시작했다.

사람이 줄어들며 장사도 마무리되어 가고 있었기에, 어느 정도 여유를 찾은 세 사람은 간이 의자에 나란히 앉아 기분 좋은 미소를 짓고 있었다.

"오늘 오기 진짜 잘한 거 같아요."

"응, 정말로."

"진짜, 안 왔으면 어쩔 뻔했어."

도진은 이곳에 오기로 한 자신의 선택에 만족하며 단연코 가장 뿌듯했던 건, 메시지를 보냈던 학생이 연신 허리를 숙이며 와 줘서 고맙다고 인사를 하던 순간이었다.

'다들 잊지 못할 졸업식이 되었으면 좋겠다.'

사색에 잠긴 도진을 깨운 것은 다름 아닌 희준이었다.

"도진이 너는 이제 곧 있으면 개학이니까, 가기 싫어도 가야 할 텐데 뭘 그렇게 아련하게 학교를 쳐다보고 있어?"

농담이 분명한 어조였다.

하지만 도진의 표정이 '개학'이라는 한 단어를 듣자 순식간에 어두워졌다.

당황한 희준이 괜스레 더 짓궂은 미소를 지으며 덧붙였다.

"어디 이 학교 학생한테 반하기라도 한 거야?"

장난스러운 희준의 말에도 아무 대꾸 없이 한참을 조용히 있던 도진이 입을 열었다.

"형, 저는 학교 그만 다니고 싶어요."

그야말로 폭탄선언이었다.

미래를 위하여

바쁘게 일하느라 식사할 시간도 없어 주린 배를 쥐고 있던 인호는 이제야 겨우 한입 베어 문 어묵을 '툭–.' 하고 떨어트렸다.

도진의 한마디는 그만큼 충격적이었다.

"어……? 뭐, 뭐라고?"

희준은 너무 당황한 나머지 저도 모르게 자신이 들은 게 맞는지 확인하듯 재차 물었다.

그리고 이내 입을 틀어막았다.

도진의 표정이 너무 어두워 보였던 탓이었다.

'내가 괜한 질문을 했나…….'

개학 얘기에 이렇게까지 표정을 굳힐 일이라니, 학교에서 무슨 일이라도 있는 게 아닌가 걱정이 될 지경이었다.

'하지만 도진이는 어디를 가든 잘 적응할 것 같은 이미지였는데…….'

워낙 싹싹하고 예의 바른 데다가 눈치도 좋아서 합숙소에서 지낼 때도 모두 도진을 좋아했었다.

도진이 아무 대답 없이 입을 꾹 다물고 있을 시간이 길어지면 길어질수록 희준의 상상은 극단적으로 치닫고 있었다.

처음에는 그저 '학교에 적응하기 힘든가?'로 시작했던 걱정이 '혹시 우리 애가 학교 폭력이라도 당하고 있으면 어떻게 해야 하나.'라는 생각에 미친 희준이 침묵을 참지 못하고 다급히 말했다.

"그, 도진아 혹시 학교에서 누가 괴롭히거나, 힘들게 하면 꼭 어른들한테 말해야 해. 그럼 분명 도와주실 테니까. 아니지. 어른들한테 말하기 힘들면 형한테라도……!"

도진의 어깨를 꽉 붙든 채 눈을 맞추고 진지한 말을 이어 가던 희준은 문득.

도대체 무슨 얘기를 하고 있는지 알 수 없다는 듯 의문스러운 듯한 도진의 눈빛에 무언가 잘못된 것을 느꼈다.

그제야 현실로 돌아온 희준은 머쓱한 마음에 목소리를 가다듬며 자연스럽게 말을 이었다.

"큼큼. 아니 그냥 뭐, 무슨 걱정 있으면 형한테라도 털어 놓으라고."

그러자 잠시 고민하던 도진이 드디어 입을 열었다.

"형들은 언제부터 요리가 하고 싶었어요?"

다소 뜬금없는 질문이었다.

"갑자기 그건 왜?"

"그냥요. 요즘 고민이에요."

그렇게 운을 뗀 도진이 말을 이었다.

"저는 셰프가 되고 싶은데, 사실 인문계 고등학교의 교육 과정은 그다지 도움이 되지는 않으니까요. 차라리 자퇴하고 직접 현장에 뛰어들어서 경험을 쌓는 게 더 도움이 될 것 같다는 생각이 들었어요."

희준은 그런 도진의 고민이 나름대로 일리가 있다고 생각했다. 다만…….

'나는 아무래도 대학에 가서야 하고 싶은 일을 찾았으니까, 어떻게 말해 주는 게 좋을지 어렵네.'

그렇다고 인호에게 대답을 기대하자니 저쪽도 별반 상황이 다르지 않았다.

인호야말로 어린 시절부터 정말 엘리트 코스를 밟아 왔다.

부모님의 영향을 받아 자연스럽게 셰프의 길을 걷게 되었고, 이미 고등학교 때부터 특성화고로 진학해 학창 시절에 진로에 대해 큰 고민을 하지 않았다.

그렇기에 인호는 더더욱 도진의 고민에 공감하기 힘들 터였다.

경험해 본 적 없는 일이었기에 정희준은 쉬이 입을 열지 못했다.

잠시 머뭇거리던 희준은 도진에게 가장 근본적인 질문을 던졌다.

"아무리 그렇다고 해도 사실 자퇴라는 게, 일반적으로 쉬운 결정은 아닌데 어쩌다 그런 생각을 하게 된 거야?"

희준의 질문에 도진이 조심스럽게 입을 열었다.

"사실은······."

서바이벌 국민 셰프의 결승.

우승자 발표 후 촬영이 마무리되고 모두가 뿔뿔이 흩어져 집으로 돌아갈 즈음.

길었던 여정이 드디어 끝났다고 생각하자 마치 큰 산을 넘은 듯 가벼운 마음으로 귀가하려고 했다.

하지만 그런 도진을 붙잡는 이가 있었으니.

"도진 씨, 고생 많았습니다."

다름 아닌 최석현이었다.

가볍게 우승을 축하한다면서 말을 시작한 그는 도진에게 한 가지 제안을 건넸다.

"사실 아직 좀 이를 수도 있는데, 더 늦어지면 제가 다른 분들한테 선수를 빼앗길 것 같아서요. 내가 전에 했던 말 기억해요?"

"네? 어떤…….."

"그때 내가 지원해 주겠다고 했던 말, 저는 진심이었습니다."

'서바이벌 국민 셰프' 이 전에도 최석현은 도진을 본 적이 있었다.

다름 아닌 '서울시장배 요리 대회'.

그때도 최석현은 도진의 재능을 알아보았다.

쉬이 볼 수 없는 재능이라며 그를 탐낸 최석현은 당시에도 도진에게 여러 지원을 해 줄 수 있다며 명함을 준 적이 있었다.

"아! 네, 기억나요. 저는 그냥 응원 차 하신 말씀인 줄 알았는데…….."

"제 명함도 드리지 않았습니까. 끝내 연락이 안 오기에 생각이 없으신 줄 알고 아쉬웠는데, 여기서 만나서 어찌나 반갑던지…….."

그는 도진의 재능이 과연 어디까지 이어질지 궁금하다고 말하며 원한다면 졸업 후 CIA나 르꼬르동블루, 츠지 요리 학교 같은 유명한 요리 학교에 진학하는 방향으로도 도와줄 수 있다는 말들을 이었다.

"이제 고등학교 3학년으로 올라가게 되는 거니 추후 진학에 관한 건은 방학 때 충분히 고민해 보고 연락해 주시면 최대한 알아봐 드리도록 하겠습니다."

"감사합니다. 꼭 연락드릴게요."

"네. 사실 마음 같아서는……."

끝난 줄 알았으나 이어지는 최석현의 말은 도진의 호수같이 잔잔하던 마음에 던져진 돌이 되어 큰 파동을 일으켰다.

"곧 오픈하게 되는 *비스트로(*파인다이닝에 비해 상대적으로 저렴하며 격식을 덜 차리고 편안하게 먹는 음식들을 조리, 판매하는 곳)의 객원 셰프로 채용하고 싶은데 말이죠."

졸업하고 난 뒤에도 그 자리가 있을지는 알 수 없으니, 당장 학업과 현업을 동시에 할 수 없는 상황이라는 것이 안타깝다며 말한 최석현은 괜히 입맛을 다셨다.

"쩝, 학교만 아니었으면 지금 당장이라도 계약서를 들이밀었을 텐데 말입니다."

"그러게요. 제가 학생만 아니었어도……."

당장은 고등학생이라는 신분에 묶여 있었기에, 달리 어찌할 수 있는 문제가 아니었다.

오로지 졸업해야만 모든 것을 결정할 수 있는 상황.

'앞으로 1년. 졸업만 하면…….'

최석현의 제안이 구미가 당겼던 도진은 아쉬운 마음을 삼킨 채 집으로 돌아왔다.

하지만 생각보다 그 미련이 컸던 탓일까.

몇 번이고 그의 제안을 곱씹으며 앞으로 어떻게 해야 할 것인지에 대한 고뇌가 이어졌다.

이전의 도진이 수없이 많은 이들의 찬사를 받을 정도로 경험이 풍부하고 많은 경력을 쌓은 베테랑 셰프였다면…….

지금의 도진은 남들이 보기에 그저 요리 경연 대회에서 몇 번 우승 좀 해 본 풋내기에 불과했다.

고작 요리 대회 두 번의 우승으로 받을 수 있는 건 고등학생인 도진의 재능을 꽃피울 수 있는 미래에 대한 투자가 최선이었다.

최소한 다른 이들이 보는 현재의 도진은 그렇다는 말이었다.

하지만 도진의 꿈은 명확했다.

다시 한 번 더 '나'의 파인다이닝을 만드는 것.

미슐랭의 별을 받은 '스타 셰프'가 되는 것.

그리고.

자신의 요리를 통해 많은 이들에게 행복감을 주는 것.

바로 눈앞에서 놓쳤던 꿈이었기 때문일까?

차근차근 자신이 세운 계획대로 진행하고 있었지만, 시간이 지날수록 점점 더 마음은 조급해져 갔다.

'만약 지금 내가 현장 경험이 좀 더 많았다면?'

'높은 매출액 같은 눈에 보이는 뚜렷한 성과가 있는 셰프였다면?'

그렇기에 최석현이 흘리듯 말한 객원 셰프에 대한 이야기가 자꾸 눈앞에 아른거렸다.

　　"이런 풋내기에게 직접 현장에서 뛰며 경력을 쌓을 기회는 쉽게 오지 않는데."

　　당장 눈앞에 놓인 흔치 않은 좋은 기회를 아쉬워할 수밖에 없는 노릇이었다.

　　"내가 학생만 아니었어도……."

　　그러다 문득.

　　도진은 번쩍 떠오른 생각에 뒤통수라도 맞은 기분이 되었다.

　　"학생만 아니면 되는 거 아닌가……?"

　　그렇게 도진은 자퇴를 고민하게 되었다.

※

　　최석현의 제안에 관한 이야기를 들은 정희준이 고개를 끄덕이며 말했다.

　　"음, 객원 셰프라면 확실히 쉽게 오는 기회가 아니긴 하지."

　　"그렇죠. 그래서 놓치기 너무 아쉬워요."

　　비록 모두 사실대로 말할 수는 없었지만, 혼자만 끙끙 앓던 고민을 털어놓은 도진은 한결 마음이 편해진 것을 느낄 수 있었다.

희준은 도진의 이야기를 듣고 잠시 생각에 잠기는 듯하더니 가장 근본적인 문제에 관해 물었다.

"부모님께는? 말씀드려 봤어?"

"그게 가장 걱정이에요. 두 분이 어떤 반응을 보이실지 알 수 없어서……. 사실 이게 잘하는 선택인지도 잘 모르겠어요."

지각이나 결석도 한번 없이 성실하게 학교생활을 해 왔던 터라 더욱 두 분의 반응이 어떻게 될 것인지 짐작되지 않았다.

가뜩이나 최근 들어 방송과 관련된 일들로 자주 집을 비우며 밖에서 생활하는 것에 대해서도 걱정하시던 두 분이었다.

'그런 와중에 학교를 관둔다고 하면 과연 허락을 해 주실는지…….'

시기상으로 보았을 때는 3학년에 올라가기 직전인 지금.

최석현의 제안을 받아들일 수 있을 때 자퇴를 하는 것이 가장 적절했다.

가만히 두 사람의 말을 듣고만 있던 인호가 도진을 향해 물었다.

"근데 그런 걱정이 든다는 건 결국 도진이 네가 가고 싶은 길은 이미 정해져 있다는 거 아니야?"

그 말을 부정할 수 없었던 도진은 입을 꾹 다문 채 고개를 끄덕였다.

사실 답은 처음부터 정해져 있었다.

하지만 도진의 발목을 잡는 것은 과거의 부채감이었다.

유학 시절 갑작스럽게 진로를 바꾸며 부모님의 속을 썩였던 것은 물론이고, 사고 이후에는 더더욱 가족들의 연락을 일방적으로 피하며 회피했던 모든 일련의 사건들이…….

되돌아온 도진에게 마음의 짐이 되어 남아 있었다.

그렇기에 더욱 두 분께 걱정을 끼쳐 드리고 싶지 않았건만.

또다시 자신의 꿈을 위한 이기적인 선택으로 가족들에게 상처를 주게 될까 두려운 마음이 자꾸 결정을 머뭇거리게 했다.

쉬이 말을 하지 못하는 도진의 모습에 인호가 고민하다 조심스레 입을 열었다.

"부모님께서 허락을 안 해 주신다고 해도, 결국 그건 두 분인 다 도진이 너를 걱정해서 그런 거니까……."

고개를 숙인 도진의 얼굴을 들어 눈을 마주친 인호가 말을 이었다.

"네가 자퇴하더라도 그 후 미래에 대해 걱정시키지 않을 정도로 충분한 계획과 대책에 관해서 말씀드린다면 흔쾌히지는 아니더라도 결국 허락해 주시지 않을까?"

인호의 말을 잠자코 듣고 있던 도진이 결심한 듯 주먹을 쥐었다.

"고마워요, 형들. 덕분에 그래도 갈피가 잡히는 것 같아요."

도진이 두 사람을 향한 인사를 건네며 개운한 미소를 지었다.

천재셰프
회귀하다

"도진아! 우리 이제 나가 봐야 해!"

"네! 잠시만요! 저 이거 채점만 마무리하고 금방 갈게요!"

도진은 며칠간 부모님께 걱정 끼치지 않고 어떻게 두 분을 설득할 수 있을지 고민했다.

그러고는 자퇴하게 된 후의 계획을 정리한 뒤.

가장 먼저 한 것은 다름 아닌 검정고시 문제집을 사는 것이었다.

학교를 관두더라도 분명 고등학교 검정고시는 보는 게 좋을 것이라는 희준과 인호의 의견 덕이었다.

"얼른 와! 오늘 공지한 시간 맞춰서 가려면 지금 출발해야 해!"

재촉하는 희준의 목소리에 도진은 빨간색으로 경쾌하게 동그라미를 그린 뒤 헐레벌떡 뛰쳐 나갔고…….

그가 떠난 자리에는 눈이 내리는 검정고시 문제집만 덩그러니 남아 있었다.

꧁ꕥ꧂

시간은 빠르게 흘러갔다.

계속 지역을 이동하며 촬영하는 것은 물론이고 그런 와중에 검정고시 준비까지 하다 보니 어영부영 한 달이 훌쩍 지났다.

드디어 길다면 길고 짧다면 짧았던 '청춘 셰프'의 촬영은 마지막 여정을 앞두고 있었다.

사흘이라는 시간은 순식간에 흘러 강릉을 떠나는 날 아침.

서울로 향하기 전 마음이 싱숭생숭해진 도진은 남들보다 일찍 눈이 떠져 해돋이를 보기 위해 밖으로 향했다.

'이게 정말 맞는 거겠지……?'

마지막 촬영지인 서울에서는 단 이틀간만 촬영이 진행되다 보니 숙소를 따로 구하지 않고 각자의 집에서 출퇴근하기로 했다.

그 말인즉슨.

도진이 가족들에게 자퇴에 대해 언급해야 하는 순간이 머지않았다는 뜻이었다.

'일단 어제 풀어 봤던 모의고사는 올라가는 길에 채점해 보고…….'

이미 몇 번이고 모의고사를 풀어 본 결과 여유롭게 통과 점수가 나왔지만, 도진은 좀 더 확실하게 보여 줄 수 있는 결과를 원했다.

고등학교를 자퇴하고 검정고시를 보는 게 흔한 일은 아니었지만, 지금도 충분히 동 나이대의 아이들에 비해 흔치 않은 경험을 하고 있었다.

아직은 이 길이 맞는지 알 수 없었으나, 어차피 이미 마음먹은 일이었다.

도진은 적어도 본인의 선택에 대해 할 수 있는 최대한의 노력을 통해 적어도 후회를 남기고 싶지는 않았다.

최석현이 도진에게 객원 셰프에 대한 얘기를 꺼낸 것은 단순히 그의 재능을 알아봤기 때문만은 아닐 것이 분명했다.

요리 대회와 '서바이벌 국민 셰프'를 통해 도진의 실력은 확인했으니…….

'예능 프로그램의 우승을 통해 얻은 화제성을 이용해 새로 오픈하는 가게에 대한 일종의 홍보를 위한 목적도 있겠지.'

이러나저러나 객원 셰프 자체는 도진에게는 좋은 기회가 분명했다.

대외적으로 공식적인 주방 경력이 쌓이는 것이었으니…….

동 나이대의 같은 꿈을 꾸는 친구들과 비교했을 때 훨씬 앞서 나가고 있는 것이라고 자부했다.

서울로 올라가는 차 안.

도진은 연달아 몇 번이고 자신을 진정시켰다.

분명 부모님을 설득하기 위해 만반의 준비를 했다고 생각했지만, 막상 곧 눈앞에 닥칠 일이라고 생각하니 조바심이 드는 건 어쩔 수 없는 듯했다.

서울에서의 마지막 '청춘 셰프' 촬영 일정.

며칠 되지 않는 일정이었기에 별다른 숙소를 구하지 않은

채 각자의 집에서 출퇴근하기로 했기에 인호를 내려준 희준
은 마지막으로 도진을 집 앞까지 데려다주었다.

"도진아, 여기 맞지?"

"네, 맞아요."

집 앞에 도착한 도진이 쉬이 차에서 내리지 못했다.

한껏 긴장한 채 저도 모르게 손톱의 거스러미를 뜯는 도진
의 모습을 본 정희준이 그 손을 잡아끌었다.

항상 의젓한 모습만을 보였던 그가 이렇게 긴장한 모습을
보이자 희준이 '새삼스럽지만, 도진이 너도 애는 애구나.'라
며 운을 띄웠다.

"너무 걱정하지 마. 부모님은 네가 조금 덜 힘들고 더 잘
되길 바라시는 걸 테니까 분명 결국 너를 응원해 주실 거야."

자신을 다독여 주는 희준의 모습에 도진은 나지막이 '고마
워요.'라며 인사를 건넸다.

머리로는 알고 있는 일이었지만 막상 현실에 부닥치려니
쉽게 발걸음이 떨어지지 않았다.

하지만 더 이상 물러날 곳은 없었다.

"다녀왔습니다."

"엄마, 엄마! 오빠 왔어!"

천재셰프
회귀하다

"아이고, 아직 식사 준비 덜 됐는데! 도진아, 너는 우선 가서 씻고 짐 정리 먼저 하고 있어. 빨래할 거 있으면 내놓고!"

"네, 알겠어요. 아버지는요?"

"잠깐 가게에 뭐 두고 오셨다고 나가셨어."

도진이 긴장한 것과는 별개로 집은 너무나도 평화로웠다.

어머니와 여동생 도희는 도진의 속을 아는지 모르는지 그저 오랜만에 보는 도진에게 반가운 마음을 아낌없이 표현할 뿐이었다.

"저 짐 먼저 풀고, 씻고 올게요."

"그래, 얼른 들어가 봐."

곧 있으면 이 분위기를 망치게 될 게 뻔한 도진은 도망치듯 급히 자리를 피해 방으로 들어왔다.

조심스레 방문을 닫고 한숨을 내쉰 도진이 짐을 풀기 시작했다.

거의 한 달여간의 여정이었기에 적지 않은 짐이 들어 있는 듯 부풀어 있던 배낭은 두툼한 겨울옷 몇 가지와 레시피를 정리한 공책, 매출표를 빼고 나니 금세 홀쭉해졌다.

그리고 가장 마지막으로.

제일 안쪽 포켓에 넣어 둔 두툼한 검정고시 문제집을 꺼냈다.

고작 3주가 채 되지 않는 시간 동안 풀었다고 하기에는 많은 양이었다.

하지만 이렇게 하지 않으면 부모님은커녕 본인도 납득할 수 없을 것만 같았다.

연달아 두세 권의 문제집을 모두 꺼내 책상에 올린 도진은 가장 최근에 풀었던 문제집을 마지막 장까지 '휘리릭-.' 훑어보았다.

가장 마지막 문제로 다다를수록 문제집 위에는 빨간색 동그라미만이 보였다.

그게 끝이 아니었다.

끝인 줄 알았던 문제집의 가장 뒤편에 다다르자, 두툼한 종이 뭉텅이가 '툭.' 하고 떨어졌다.

"여기 있었구나."

바닥에 떨어진 종이 뭉텅이를 들어 올려 펼친 도진은 가장 위에 대문짝만하게 적힌 숫자를 만족스러운 표정으로 보았다.

'100점.'

강조하듯 점수 밑에 밑줄까지 두 번씩 쳐진 모의고사 문제지는 적어도 열댓 개는 되어 보였다.

"이 정도면, 충분히 납득해 주시겠지……."

분명 충분히 준비한 것 같은데도 불안한 마음이 드는 것은 어쩔 수 없었다.

도진이 책상에 검정고시의 모의고사 문제지를 올려 두고, 책장을 정리하는 도중.

벌컥 문이 열렸다.

"오빠! 아빠도 왔어. 엄마가 밥 먹으래!"

갑작스럽게 문을 열고 들어온 도희의 모습에 깜짝 놀란 도진은 혹여 그녀가 검정고시 문제집을 보았을까 놀란 마음에 급히 그녀를 방 밖으로 돌려보냈다.

"어, 어어. 금방 나갈게. 먼저 가 있어!"

그러고는 잘못한 것도 없는데 도둑이 제 발 저린 것처럼 심장을 졸인 자신의 모습에 헛웃음을 터트렸다.

도진은 마지막으로, 크게 심호흡을 내쉬고 마음의 준비를 한 뒤 방문을 움켜쥐었다.

몇 번이고 머릿속으로 시뮬레이션을 돌렸다. 분명 잘할 수 있을 것이라 믿어야 했다.

이제는 정말로 마주 보고 이야기해야 하는 순간이었다.

⚜

도진은 익숙한 듯 식탁의 자기 자리를 찾아 앉았다.

도희는 도진의 옆에, 부모님은 도진을 마주 보고 앉은 자리였다.

가족들은 화기애애하게 식사를 이어 갔다.

"엄마 진짜, 오빠 온다고 너무 솜씨 부린 거 아니야? 나 혼자 있을 때랑은 너무 다른데?"

"에이 애, 도희 너는 어제 고기도 구워 먹었잖니!"

"놔둬. 당신 오늘 유독 신경 쓴 건 맞잖아."

단, 도진을 제외하고.

'언제 말해야 할까…….'

세 사람이 즐겁게 대화를 나누는 모습을 보며 도진이 언제쯤 말을 꺼내야 할지 타이밍만 보고 있었다.

도진은 밥이 코로 들어가는지 입으로 들어가는지도 모른 채 깨작거리며 식사하고 있었고, 그 모습을 본 도희가 도진을 향해 물었다.

"오빠는 근데 왜 아무 말도 없어? 촬영 어땠는지 말 좀 해 줘, 궁금하단 말이야!"

도희의 갑작스러운 물음에 도진의 포커페이스가 한순간에 무너져 내렸고, 순식간에 잔뜩 긴장한 표정이 드러났다.

그 모습을 지켜보고 있던 어머니가 어딘가 불편한 듯한 도진의 얼굴을 보고 물었다.

"왜 그래, 도진아. 몸이 안 좋니? 무슨 일 있어?"

"아, 아뇨. 그런 건 아니에요."

다급히 손사래를 치며 아니라고 말하는 도진의 모습에 어머니가 장난 식으로 물었다.

"그런 게 아니면, 뭐 다른 일이라도 있어?"

"저 학교 관두려고요."

도진의 청천벽력과도 같은 한마디에 식탁 위에는 적막만이 흘렀다.

가장 먼저 정적을 깬 것은 도희였다.

너무 놀란 나머지 입에 물고 있던 젓가락을 힘없이 떨어트린 도희는 '쨍그랑!' 하는 소리에 다시금 놀라 정신을 차리고는 입을 열었다.

"와, 오빠 진짜 대박이다."

어머니는 자기가 들은 게 맞는지 자신의 귀를 의심하며 다시금 되묻기를 반복했고, 아버지는 도무지 무슨 생각을 하고 있는지 알 수 없는 표정으로 묵묵히 식사를 이어 가고 있었다.

말을 꺼낸 도진이조차도 도둑이 제 발 저리듯 툭 찌르자 저도 모르게 나온 말에 놀라 입을 떡 벌린 채 다물지 못했다.

'생각…… 생각만 하려고 했는데…….'

이렇게 갑작스럽게 말할 생각은 없었던 도진은 어찌해야 할지 모르는 표정으로 입을 열었다 떼기를 반복했다.

도진의 충격 발언에 겨우 정신을 차린 어머니가 다그치듯 물었다.

"애, 애 도진아. 무슨 말이라도 좀 더 해 봐. 갑자기 학교를 관둔다니, 그게 무슨 말이니."

어머니는 가뜩이나 '서바이벌 국민 셰프'로 인해 몇 개월 동안 제대로 학교에 나가지 못한 도진이 3학년 과정을 잘 따라갈 수 있을지가 걱정이었는데…….

대뜸 학교를 관둔다고 말할 줄은 상상조차 못 했다.

"아이고야, 이게 무슨 일이라니 정말."

어머니는 연신 '아이고, 아이고.'라며 앓는 소리를 내며 도대체 갑자기 왜 그러냐고 도진을 닦달했다.

오히려 침착한 것은 아버지였다.

달그락거리는 소리를 내며 식사를 마친 듯 수저를 내려놓은 아버지가 어머니를 향해 말했다.

"됐어, 당신. 거기까지만 해."

"아니, 그래도…….”

아버지의 말에 어머니가 가슴팍을 치며 답답함을 표했다.

"애가 갑자기 잘 다니던 학교를 관둔다는데 당신도 뭐라고 말이라도 좀 해 봐요."

"그래도 아무 생각 없이 한 말은 아니겠지."

아버지는 그렇게 말하며 도진을 바라보았다.

당황스러운 마음에 갑작스럽게 내뱉은 발언이었다. 하지만 결코 충동적으로 한 말은 아니었다.

도진은 놀란 마음에 쉬이 들지 못했던 고개를 들어 아버지의 눈을 바라보았다.

지금껏 도진이 보여 줬던 일련의 모습들 덕분이었을까?

아버지의 흔들림 없는 눈동자에는 도진을 향한 곧은 믿음이 비쳤다.

그 믿음을 저버릴 수 없는 일이었다.

도진은 마음을 다잡고 겨우 입을 열었다.

"학교는 관두고 검정고시를 보고 싶어요."

그 말에 아버지는 잠시 '흠.' 하며 생각하는 듯하더니 금세 도진에게 물었다.

"왜 그런 생각을 하게 된 거냐."

"저는 앞으로도 요리가 하고 싶은데, 일반 고등학교의 교육과정은 사실 불필요한 거 같아요. 시간이 너무 아까워요."

"하지만 그렇다고 중졸로 남을 수는 없으니 검정고시를 보겠다는 거고?"

"네. 허락만 해 주시면 이번 주 중으로 자퇴서 처리하고 8월에 있는 시험 보고 싶어요."

"시험은, 어렵지는 않겠고?"

"이미 문제집이랑 모의고사, 기출문제 다 풀어 봤는데 충분할 것 같아요."

아버지는 몇 번의 문답 끝에 도진의 확신에 찬 대답을 마지막으로 잠시 고민에 빠진 듯 팔짱을 낀 채 눈을 지그시 감았다.

그리고 이내.

"이번 주까지라면 조금 더 생각을 해 보고 결정하자꾸나."

자리에서 일어나며 말을 남긴 뒤 안방으로 들어갔고, 어머니는 '저 양반이 도대체 무슨 소리냐.'며 부리나케 아버지를 뒤따라갔다.

덩그러니 식탁에 남은 도희는 어리둥절한 표정을 지었지만 이내 도진을 바라보았다.

"진짜, 오빠는 밥 먹다 말고 갑자기 그런 얘기를 꺼내 가지고……."

"나도 이렇게 말할 생각은 없었어."

"됐네요! 아무튼 이왕 결심한 거 잘됐으면 좋겠다."

도희는 자신이 먹은 그릇을 치우고 자신의 방으로 향하려다 급히 몸을 돌려 도진을 향해 말했다.

"내일은 그럼 푸드트럭 촬영하러 가는 거지? 어디로 가는지 알려 줘. 놀러 갈게!"

자기 말이 끝나자마자 다시 몸을 휙 돌려 방으로 들어가는 도희의 모습에 도진은 결국 헛웃음을 흘릴 수밖에 없었다.

아버지는 모두가 잠든 시간, 거실에 앉아 오랜만에 홀로 술잔을 기울이고 있었다.

도진이 낮에 한 충격 발언 덕에 생각이 많아진 터였다.

"그 녀석이 그런 말도 하게 될 줄이야……."

도진은 어린 시절, 그러니까 완전 갓난쟁이 시절부터 유달리 순한 성격이었다.

말도 못 하고 혼자 움직일 수도 없는 아기들이 할 수 있는 거라고는 엉엉 우는 일뿐이었다.

모든 표현을 우는 것으로밖에 할 수밖에 없었다.

그렇기에 남들 아기는 자다가도 수십 번을 깨고 울며 칭얼거려 엄마, 아빠의 눈 밑에 다크서클이 사라질 일이 없다고들 하던데…….

도진은 한번 잠들면 쉬이 깨는 일 없이 몇 시간을 푹 자는 것은 물론이고, 보채는 일도 적었다.

일이 너무 바빠 잠시 다른 이들의 손에 맡겨도 어찌나 방긋방긋 잘 웃으며 얌전히 있는지 아기는 원래 다들 이런가 싶었다.

'이렇게 애 키우는 게 쉽다면 몇 명이든 낳아서, 나중에 외로울 일 없도록 형제를 많이 만들어 주고 싶었는데.'

그런 생각은 도희를 낳고서 쏙 들어갔다고 봐도 과언이 아니었다.

제 오빠와는 다르게 어찌나 울고 보채고 칭얼거리는지.

무던하니 잘 울지도 않던 도진이와는 전혀 판판이었다.

여자아이라서 유독 예민한가 싶어 주변에 물어봤더니, 보통 조금의 격차가 있을 뿐이지 아이들이라면 대부분 그렇다고 말했을 때는 거짓말하지 말라고 할 정도였다.

그렇게 생각할 정도로 도진을 키우는 데에 품이 많이 들지 않기 때문이다.

커 가면서도 두 아이의 성격 차이는 극명하게 드러났다.

친구들과 나가서 노는 것도 좋아했지만, 도진은 그림을 그리고 만드는 것을 더 즐겼다.

손재주가 좋아 뭐든지 뚝딱 만들어 내 가지고 와서는 자랑하기 일쑤였다.

신경 쓰지 않고 혼자 두어도 조용하게 무언가를 만들고 있는 도진은 그야말로 육아 난이도 '하'였다.

반면, 도희는 눈 돌리면 사고를 치는 말괄량이였다.

워낙에 활동량이 많아 걸음마를 떼자마자 집안 곳곳을 돌아다니며 오만가지 것들을 입에 넣고 확인하는 통에 잠시라도 혼자 둘 수 없을 정도였다.

'싫은 건 또 뭐가 그리 많은지.'

이유식이라도 한 번 먹이려면 얼마나 고생해야 했던지.

입에 숟가락을 들이밀면 '싫어!' 하고 앙칼지게 대답하며 고개를 팽하고 돌리던 게 엊그제 같았다.

지금도 별반 다르지 않았다.

본인이 싫은 걸 시키거나 해야 한다면 금방 얼굴에서 하기 싫다는 게 표가 났다.

아버지와 어머니 두 사람 모두 도희가 커 갈수록 도진이 얼마나 순한 아이였는지 알 수 있었다.

그래서일까.

이번에 도진이 한 말이 그저 가볍게만은 들리지 않았다.

"사고를 쳐도 분명 도희 녀석이 더 먼저 치겠거니 생각했는데……."

아버지는 빈 술잔에 술을 따르며 도진이 초등학교 4학년

일 적을 떠올렸다.

"하긴 녀석이 또 고집 하나는 장난이 아니었는데."

자라면서 '싫어요.'라는 말 한마디를 하지 않을 정도로 순한 아이였지만 하고 싶은, 해야겠다고 마음먹은 일은 꼭 해야만 하는 아이였다.

"아빠, 나 전국 사생대회 나가고 싶어요."

학교에서 1등을 했다며 자기가 대표로 나가게 됐다고, 데려다주지 않아도 혼자 갈 수 있다고 아득바득 우기는 걸 위험하다고 나갈 생각 말라며 만류했었다.

그렇게 지나간 줄 알았건만.

어느 날, 한껏 뿌듯한 얼굴을 한 채 대뜸 상장 하나를 들이밀었다.

전국 사생대회, 대상. 김도진.

빳빳한 흰 종이에 금박 테두리 안에 적힌 내용은 누가 보아도 자신이 반대했던 그 사생대회의 상장이었다.

혼자 가는 게 위험하다고 반대했건만, 그렇게 나가고 싶다 고집을 부리더니 결국은 상장까지 받아 온 것이었다.

고작 열 살의 나이로 참가했던 사생대회가 열리는 곳은 집에서 꼬박 지하철을 타고 한 시간이었다.

그 먼 길을 스케치북에 물감을 가방 가득 챙겨 몰래 갔다

왔다는 것이 기특한 것도 한편.

　아버지는 그날 밤에도 혼자 씁쓸한 마음을 달래기 위해 술 잔을 들었었다.

　바쁘다는 이유를 핑계로 못 해 준 것들이 너무 많았는데, 그저 손이 덜 가는 유순한 아이라는 이유 하나로 더욱 신경을 써 주지 못한 것 같아서.

　도진이 상장과 함께 봉투를 건네며 했던 말은 여전히 자신의 머릿속에 선명히 남아 있었다.

　그 말을 떠올리면 아버지는 언제나 가슴이 미어지는 기분이었다.

　"이거 있으면 아빠가 나랑 같이 그림 대회 갈 수 있어요?"

　봉투에 든 것은 사생대회의 상금인 100만 원이었다.

　초등학교 4학년이면 어느 정도 금전 감각이 생길 나이였고, 적은 돈이 아니라는 것도 분명 알고 있었을 터였다.

　'그 돈을 나한테 줬다는 건⋯⋯.'

　언제나 돈을 버느라 바쁘다는 이유로 함께해 주지 못했기에 그 돈이 있다면 자신과 함께할 수 있는 시간이 좀 더 늘어나지 않을까 기대했던 것이 분명했으리라.

　그 이후로도, 도진은 본인이 하고 싶다고 말한 일은 무조건.

　어떻게든 해내고야 말았다.

　물론 그날 이후로 아버지 또한 도진이 하고자 하는 일을 도와주지는 못할망정, 말리는 일은 없었다.

하지만 이번 일은 조금 달랐다.

'아무리 그래도 자퇴라니…….'

쉽게 지지할 수 있는 결정은 아니었다.

요리가 하고 싶다면 분명 고등학교를 졸업하고 관련된 학과로 대학에 진학하는 방법도 있을 터였다.

그런데 도대체 왜 이렇게 도진이 급하게 선택하려고 하는지 도무지 알 수 없었다.

분명 고등학교를 자퇴하고 검정고시를 봤다고 하게 되면 수많은 편견에 휩싸일 게 눈에 선했다.

"후-."

아버지로서 자식의 앞날에 조금이라도 힘든 일이 적었으면 했기에, 그는 오늘도 한숨을 안주 삼아 술잔을 기울이기를 반복할 수밖에 없었다.

이른 아침 촬영을 위해 집을 나서게 된 도진은 전날 저녁의 발언으로 인해 괜히 불편한 마음에 쉬이 걸음을 떼지 못했다.

하지만 장을 보고 장사 준비하기 위해서는 아침부터 부지런히 움직여야만 했다.

도희 녀석이야 아직 자고 있을 게 뻔한 시간이었고, 안방에서는 분명 기척이 들리는데도 나오실 기색조차 없는 게 아무래도 어머니는 단단히 삐지신 게 분명해 보였다.

"다녀오겠습니다."

결국 도진은 아무런 배웅 없이 집에서 나올 수밖에 없었다. 하지만 뒤숭숭한 마음도 잠시였다.

오늘도 어김없이 별스타그램에 푸드트럭의 영업시간을 공지한 도진은 정신없이 메뉴를 준비하기 시작해야만 했다.

서울에서의 장사는 세 사람이 '서바이벌 국민 셰프'에서 선보였던 메뉴들을 푸드트럭에 맞게 조금씩 개량해서 판매하기로 했기 때문에 하나같이 손이 많이 가는 메뉴들뿐이었다.

"도진이는 오늘 토마토스튜 하기로 했었나?"

"네, 저는 재료 손질 다 해서 한솥 끓여 놓기만 하면 되니까 손 필요하면 말해 주세요. 도와드릴게요."

그나마 다행인 것은, 도진이 오늘 만들 메뉴가 '토마토스튜'라는 것이었다.

'들어가는 재료가 많아서 손질하는 게 바빠서 그렇지…….'

막상 한솥 가득 끓여 두면 장사를 시작했을 때는 일회용기에 스튜를 퍼서 구운 바게트를 곁들여 내기만 하면 되기에 크게 손이 많이 가지 않을 것이라 예상되었다.

빠르게 손을 놀려 일찌감치 준비를 끝낸 도진은 마지막으로 혹시 중간에 새로 스튜를 끓여야 할 경우를 대비해서 바로 끓이기만 하면 되는 수준으로 추가 재료를 정리해 둔 뒤.

인호와 희준의 준비를 도와주기 시작했다.

그리고 어느덧, 토마토스튜가 뭉근하게 끓어 맛있는 냄새를 풍기기 시작할 때쯤.

"이제 슬슬 시작해 볼까?"

영업을 시작할 때가 되었다.

서울에서의 장사는 이때까지 중 가장 정신이 없다고 봐도 무방했다.

"희준아, 우리 왔어."

"야, 김도진! 뭐야, 대박인데?"

"인호 오빠는 어디 갔어요?"

"사장님! 방송 보고 왔어요!"

세 사람의 지인들은 물론이고 방송을 보고 별스타그램 계정을 찾아보고 왔다는 사람들까지.

몰려드는 인파에 제대로 된 인사도 하지 못하고 겨우겨우 손님들을 보내는 게 다였지만, 바쁜 와중에도 반가운 얼굴들을 보니 힘이 나는 것은 부정할 수 없었다.

희준이 준비한 볶음면도, 인호가 준비한 스테이크도 많이들 주문했지만……

도진이 준비한 스튜는 추운 날씨에 단연 인기가 좋았다.

그 덕분에 끓여 두었던 스튜가 동나는 것은 순식간이었다.

장사를 시작하기 전 미리 끓여 놨던 것은 물론이고, 준비해 놨던 재료로 새로 끓인 스튜도 금세 바닥을 보이기 직전이었다.

'그래도 다행인 건 손님도 꽤 줄었다는 거려나.'

해가 지자 더욱 추워진 날씨에 어느덧 거리를 거니는 사람들도 줄어 있었다.

준비해 온 재료들도 이제는 얼마 남지 않았기에 도진은 슬그머니 말을 꺼냈다.

"이제 슬슬 정리할까요?"

"음, 슬슬 더 추워지면 돌아다니는 사람들도 없을 거 같으니까 정리해도 괜찮을 것 같아. 남은 건 각자 챙겨 가서 먹을까?"

"좋아요."

그리고 세 사람은 조심스럽게 정리를 시작했다.

가지고 온 조리 도구들을 정리한 뒤, 도진이 작은 냄비에 남은 스튜를 옮겨 담으며 한창 정리하던 와중.

어디선가 익숙한 목소리가 들렸다.

"오빠! 벌써 끝났어?"

소리가 들린 곳을 향해 고개를 돌리자 보인 곳에는 다름 아닌 도희.

그리고.

"아버지……?"

이런 게 익숙지 않은 듯 쭈뼛거리며 도희에게 끌려 오고 있는 아버지의 모습이 보였다.

"어어, 그래. 도희 이 녀석이 어찌나 보채던지, 같이 왔다."

"아빠는 말을 꼭! 나 준비하는 거 느리다고 한참 전에 먼저 나와 놓고는 계속 기다리기만 했으면서!"

"쓰읍⋯⋯."

도희의 폭로는 예상하지 못한 건지 머쓱한 표정으로 '도진이 네가 만든 거 하나 줘 봐라.'라며 말씀하시는 아버지를 보며 도진은 묘한 감정이 피어올랐다.

"왜 그렇게 오래 밖에 계셨어요. 추우셨을 텐데."

발갛게 물든 귀와 손끝은 딱 봐도 아버지가 얼마나 오랜 시간 밖에 계셨을지 짐작할 수 있게 했다.

도진은 만들었던 마지막 스튜를 건네주고, 두 사람이 저 멀리 있는 벤치에 앉아 스튜를 먹기 시작하는 것을 보고는 다시 뒷정리를 시작했다.

머지않아 정리를 끝마쳤을 때, 벤치는 덩그러니 비어 있었다.

마지막 뒷마무리까지 마친 도진은 한참 늦은 시간이 되어서야 겨우 집으로 돌아왔다.

"다녀왔습니다."

모두 자고 있으리라 생각한 도진은 조심스레 신발을 벗고 짐을 챙겨 바로 씻고 잘 생각이었다.

자신을 부르는 목소리만 아니었다면 말이다.

"도진아, 왔냐."

"아버지……? 안 주무셨어요?"

"이제 자야지."

"얼른 주무세요."

도진은 쑥스러운 마음에 괜히 빨리 자리를 뜨려고 했으나 아버지는 그런 도진을 붙잡으며 무언가를 건네주었다.

"이거, 가지고 가거라."

"이게 왜……?"

도진은 종이 뭉텅이를 받아 들고 놀란 마음을 감추지 못했다. 그가 건네받은 것은 그동안 풀어 왔던 검정고시의 기출문제들이었기 때문이다.

아버지가 겸연쩍게 웃으며 말을 이었다.

"아까 낮에, 도희가 보여 주더구나. 그, 멋대로 봐서 미안하다."

"아뇨, 괜찮아요. 뭐, 별것도 아닌데요."

멋쩍게 사과하는 아버지의 모습이 어색한 도진이 괜히 말을 돌렸다.

"사실, 오늘 오실 줄 몰랐어요."

"그래도 한번 와 보기는 해야지."

두 사람 사이에 잠시 정적이 흘렀다.

서로 누가 먼저 입을 열 것인지 눈치를 보던 와중, 결국 도진이 먼저 '들어가 볼게요.'라며 운을 띄웠고…….

어색한 자리를 피하고자 급히 방으로 향하는 도진의 뒤에서, 아버지가 들릴 듯 말 듯한 목소리로 말을 건넸다.

"그, 도진아. 자퇴하는 데 필요한 서류라든가, 내가 뭘 해 주면…….''

"네?"

도진은 자신이 제대로 들은 게 맞는지 확인하고자 다시 한 번 더 되물었다.

"방금 뭐라고 말씀하셨어요?"

"자퇴하는 데 필요한 거 말이다. 준비해서 주면 처리해 주마."

도진이 믿을 수 없다는 듯 눈을 크게 뜨고 아버지를 바라보았다.

"너는 하고 싶은 건 꼭 해야 하는 성질이지 않니. 그래도 이왕 하는 거 응원은 해 주마."

괜히 도진의 눈을 피하며 말을 잇는 아버지의 모습에 멍하게 있기를 잠시.

이내 도진은 아버지에게 달려들 듯이 그를 꽉 껴안으며 말했다.

"고마워요, 아버지."

열 살 이후, 첫 포옹이었다.

새로운 시작

"다들 고생하셨습니다!"

"고생 많으셨습니다!"

자정이 다 되어 가는 늦은 밤.

일일 마감을 끝내고 모든 청소를 마무리한 '청춘 셰프'팀은 드디어 마지막 촬영의 끝을 달리고 있었다.

전주를 시작으로 부산, 대구, 대전, 원주, 강릉, 서울.

그리고 깜짝 방문지였던 울산까지.

짧게는 이틀에서 길게는 닷새씩 머물렀던 여덟 개의 도시는 각각의 매력으로 세 사람에게 다양한 추억들을 남겨 주었다.

"이거 별건 아니고, 딱 우리 아들 나이대인데 너무 기특해서 좀 챙겨 왔어요."

"오빠! 제가 만든 쿠키인데 좀 드세요. 저도 방송 보면서 재미있어 보여서 제과제빵학원 다니기 시작했어요!"

'서바이벌 국민셰프'를 봤다며 알아봐 주던 손님들은 물론이고 '청춘 셰프'를 보고 찾아왔다던 손님들은 올 때마다 저마다 양손 가득 무언가를 들고 와 도진에게 나눠 주곤 했다.

마지막으로 촬영하게 된 서울에서는 지인들이 여럿 찾아온 것은 물론이고…….

"희준이 형! 도진이랑 인호도! 이야, 다들 너무 오랜만이다."

"뭐야? 어떻게 온 거야?"

"셋 다 카메라 마사지 좀 받아서 그런가, 왜 이렇게 잘생겨졌어?"

"오늘 특별 게스트 있다더니 설마……?"

함께 서바이벌 프로그램에 출연했던 지정현과 김선재가 일일 알바로 도와주는 등 정말 잊지 못할 기억을 만들 수 있었다.

"한 달 반 정도 되는 시간 동안 정말 많은 일들이 있었는데요. 세 분 다 너무 고생 많으셨습니다."

마지막 정산을 위해 기다리고 있던 김 PD가 세 사람을 향해 말했다.

"드디어 오늘이 마지막이네요. 오늘의 수익금 한번 확인해 볼까요?"

"여기 있어요."

그의 말에 도진이 소중히 품고 있던 봉투 하나를 건넸다.

서울에서의 매출액이 들어 있는 봉투는 자못 두툼해 보였다.

"오, 이거 꽤나 두둑한걸요?"

김 PD는 받아 든 봉투 안의 금액을 확인하곤 감탄을 내뱉었다.

"아니, 이거 뭐 잘못된 거 아니에요?"

"네? 무슨 문제라도 있나요?"

"이게 어떻게 이렇게 딱 맞지? 오늘 수익금까지 하면 딱 금액이 만 원 단위로 떨어지는데, 혹시 노린 건가요?"

"아, PD님 진짜 깜짝 놀랐네. 뭐 그런 당연한 걸 물어보세요. 다 생각한 거죠."

김 PD의 말에 희준이 능청스레 티키타카를 이었다.

모두 웃음이 터진 분위기에 함께 웃던 도진은 어느새 문득 이런 대화도 마지막이라는 생각이 들자 아쉬운 듯한 기분이 들었다.

하지만 그런 도진의 마음을 아는지 모르는지, 김 PD는 신난 얼굴로 총수익금을 계산하기 바빴다.

"오늘의 판매액 42만 8천 원까지 더 해서 지금까지 여러분이 모아 주신 수익금은 총……."

김 PD가 하던 말을 채 끝내지 않고 말끝을 흐리자 모두의 시선이 그에게로 집중되었다.

제작진조차 김 PD가 입을 열기만을 기다리고 있다고 봐도 무방할 정도였다.

꿀꺽-.

정적이 길어질수록 긴장감은 높아져만 갔고, 누구의 침 삼키는 소리인지 알 수 없을 정도로 도진을 비롯한 세 사람은 초조함은 숨길 수 없는 모양새였다.

그리고 곧, 그 초조함은 놀라움으로 바뀔 수밖에 없었다.

"수익금은 총, 966만 원입니다!"

"네……? 얼마요?"

희준은 자신이 들은 금액이 맞는지 믿을 수 없는 듯 다시 한번 되물었고, 인호는 놀란 마음에 입을 떡 벌린 채 다물 생각조차 하지 못했다.

총무를 맡아 돈을 관리했던 도진만이 조용히 미소를 짓고 있었을 뿐이다.

도진은 이미 미리 계산해 본 터라 많이 놀라지는 않았다.

아니, 정확히 말하자면 전날 미리 계산해 본 터라 더 놀랄 힘이 없었다는 게 정확했다.

오늘까지의 총 판매 금액 27,600,000원

재료값에 따라 가격 대비 수익률이 조금씩 달랐지만 평균 수익률 35% 대로 세 사람이 푸드트럭으로 벌어들인 순수익은 어제까지 총 9,232,000원이었다.

그리고 오늘의 판매 수익까지 모두 더해 나온 금액이 바로 9,660,000원.

'설마하니 이렇게까지 벌 수 있을 줄은 몰랐는데…….'

고작 한 달 반 동안 판매해서 벌어들인 것이라고는 믿을 수가 없을 만큼 높은 금액이었다.

도진은 아마 방송이 아니었다면 이루기 쉽지 않았을 금액이라고 생각했다.

"여러분들이 고생해서 번 이 수익금은 결식아동들을 위해 모두 기부하도록 하겠습니다. 다들 마지막까지 열심히 해 주셔서 감사합니다. 자, 이제 정리하고 얼른 식사하러 갑시다!"

"오, 뭐야. 오늘 회식이야?"

"오늘 메뉴는 뭐예요? 맛있는 거 먹으러 가는 거지 우리?"

김 PD의 마무리 멘트를 끝으로 제작진은 장비를 정리하기 시작했고, 회식에 대한 열망이 가득했던 그들은 누구보다 빠르게 뒷정리를 끝내고 자리를 이동했다.

회식은 방송국 근처의 고깃집이었다.

스무 명이 넘는 인원이었기에 가게를 통째로 대관한 '청춘셰프'팀은 보다 편하게 회식을 즐길 수 있었다.

"사장님, 여기 삼겹살 다섯 개 추가요!"

"된장찌개는 언제 나와요?"

"소주도 두 개 더 주세요!"

제작진은 정말 며칠은 굶은 사람들처럼 먹고 마셨다.

물론 세 사람도 별반 다르지 않았다.

오랜만에 다음 날의 일정이 없었기에 마음이 편해진 희준은 카메라 감독이 따라 주는 술을 마다하지 않아 벌써 얼큰하게 취해 있었다.

인호 또한 볼이 빨개진 채로 꾸벅꾸벅 졸고 있는 모양새를 보며 도진이 고개를 저었다.

'나도 저렇게 될 뻔했네…….'

미성년자였기에 다행이지, 아니었으면 자신도 거나하게 취해서 집까지 겨우 걸어 들어갔을 터였다.

그런 생각을 하며 열심히 고기를 집어 먹고 있는 것을 어떻게 알았는지 어느샌가 다가온 김 PD가 도진의 빈 잔에 콜라를 채워 넣으며 말했다.

"어유, 우리 도진이 언제 다 커서 한잔 같이할 수 있으려나."

김 PD도 취한 것인지 어느새 도진을 부르는 호칭이 한껏 편해져 있었다.

도진이 실없이 웃으며 대답했다.

"그때 되면 PD님 더 바빠지셔서 저랑은 술 드실 일이 없지 않을까요?"

"어유, 뭐 그런 섭섭한 얘기를 하고 그래. 도진이 네가 나한테 얼마나 복덩이였는데! 도진이 너야말로 나중에 유명해지고 나서 연락 안 되는 거 아니야?"

김 PD의 말에는 진심이 뚝뚝 묻어 나왔다.

그는 '서바이벌 국민 셰프'를 촬영할 때 도진을 앞세워 예고편을 편집해 일명 '어그로'를 끌어 화제성을 끌어 올리기 일쑤였다.

남들보다 어린 나이의 참가자가 자신보다 훨씬 나이가 많은 형, 누나들을 이기는 것은⋯⋯.

심지어 그냥도 아니고 압도적인 성적을 거두어 내는 장면은 대중이 열광하기에 충분했다.

게다가 무엇이든 쉬이 척척 해 나가는 듯한 모습을 보이던 도진이 가끔 제 나이처럼 보이는 행동을 할 때는 소위 말하는 그 '갭' 차이가 느껴졌다.

말하자면 오디션 프로그램에서 소모하기 딱 좋은 이미지의 캐릭터라는 뜻이었다.

하물며 '청춘 셰프'를 함께 진행한 세 사람의 케미는 두말하면 입이 아플 정도였다.

김 PD는 언제 또 이렇게 편하게 예능을 찍을 수 있을까 하는 아쉬운 마음에 입맛을 '쩝-.' 하고 다시며 물었다.

"도진이 너는 방송 끝나면 이제 어떻게 할 예정이냐. 희준이는 레스토랑에 취직했다고 그러고, 인호는 복학한다고 하던데⋯⋯. 전에 얘기했던 자퇴 문제는, 잘 정리됐고?"

언제나 장난기 넘치던 김 PD의 눈에서 진중한 어른의 모습이 비쳤다.

갑작스러운 진지한 질문에 도진이 자세를 고쳐 앉은 뒤 대답했다.

도진이 대답했다.

"저, 일단 학교 문제 먼저 정리하려고요."

그리고 잠시 머뭇거리다 말을 이었다.

"그리고 우선 최 셰프님한테 연락드리기로 했어요."

"안 그래도 최 셰프가 마지막 촬영일이 언제냐고 물어보더니……. 다들 꿍꿍이가 있었구먼!"

그는 도진의 대답에 웃음을 터트리며 그의 머리를 헝클었다.

"그래. 혹시 밥 벌어 먹고살기 힘들다 싶으면 연락해라. 내가 뭐 큰 건 해 줄 수 없어도 알바든, 방송 소개든 해 주마."

그렇게 말하면서도 김 PD는 도진이 자신에게 그런 일로 연락할 일이 없다는 것을 알고 있었다.

오히려 그와 꾸준히 연락을 유지하고 싶은 것은 김 PD였다.

과연 김도진이 어디까지 갈 수 있을지 궁금했다.

김PD는 '감사합니다.'라고 말하며 배시시 웃는 도진의 모습을 보며 생각했다.

'이럴 때 보면 영락없이 고등학생이 확실한데 참 대단도 하지.'

김 PD는 이미 충분히 성장해 있는 '김도진'이 거기서 멈추지 않고 끊임없이 본인의 성장 가능성을 증명해 오는 것을 보아 왔다.

그렇기에 단언할 수 있었다.

김도진은 될 놈이었다.

시간은 빠르게 흘러 2월 둘째 주.

지금껏 지난 여러 장면이 오버랩 되면서 세 사람의 인터뷰를 끝으로 '청춘 셰프'의 마지막 방송이 끝났다.

"벌써 끝이야?"

아쉬운 탄식을 내뱉으며 고등학생은 도무지 시간이 왜 이리 빨리 가는지 이해할 수 없었다.

가뜩이나 짧게만 느껴졌던 마지막 방학도 이제 고작 2주밖에 남지 않았다.

"아, 이제 개학하면 1년은 진짜 죽었다고 생각해야겠지."

고3이었다.

"내가 수능이라니, 고3이라니……."

믿을 수 없는 현실에 머리를 쥔 채 바닥을 뒹구는 그녀를 보며 엄마가 혀를 찼다.

"왜 너도 도진이 따라서 자퇴한다고 그러지?"

"아, 엄마! 걔랑 나랑 같아?"

지난 방송에서 도진의 발언은 함께 방송을 보던 두 모녀에게는 충격 그 자체였다.

고등학생은 당연히 학생이라면 정규 과정을 다 밟고 졸업한 뒤, 대학까지 가는 게 평범하다고 생각했다.

백번 양보해서 고등학교까지는 졸업하고 취업전선에 뛰어드는 게 일반적이라고 생각했는데…….

도진은 그런 자신의 개념을 백팔십도 뒤집어 버렸다.

'하고 싶은 일을 하려고 자퇴한다니.'

도진이 그 결정을 내리기까지 얼마나 큰 용기를 내었을지 짐작할 수 없었다.

"나도 하고 싶은 일이 저렇게 명확했으면 좋았을 텐데."

그저 수능 점수에 맞춰 갈 수 있는 대학 중 제일 좋은 대학, 좋은 과를 가야겠다고 생각했던 그녀는 그저 도진이 부럽게 느껴지는 것도 한편.

어쩐지 가슴이 뛰는 것을 느꼈다.

세 사람의 마지막 인터뷰는 결국 하나같이 다 같은 말을 하고 있었다.

'누구나 방황하고 길을 헤맬 수 있다. 하지만 포기하지 않는다면 분명 길을 찾을 수 있을 것이다.'

20대 후반, 20대 초반, 그리고 10대 후반의 한창 고민이 많은 나이의 그들이 자신의 나이대의 청춘들에게 일종의 위로를 건넨 것이다.

그리고 고등학생은 그들의 말에 아주 작은 용기를 얻었다.

'나도 아직 늦지 않았어.'

얼마든지 꿈을 찾을 수 있을 것만 같은 기분이었다.

─도진 씨, 오랜만이네요. 자퇴 소식은 김 PD님한테 전해 들
었는데…… 잘 지냈어요?

"저야 뭐 이제 남는 게 시간이라, 검정고시 준비하고 그러
고 지냈죠. 셰프님은 잘 지내셨어요?"

갑작스레 걸려 온 전화였지만 도진은 익숙한 듯 전화를 받
아 안부를 건넸다.

─저는 이번에 오픈한 가게 덕분에 정신이 없네요. 정말 고양
이 손이라도 있었으면 할 정도입니다.

수화기 너머에서 한숨 섞인 목소리가 들려왔다.

그는 정말 바쁜 모양인지 고단함이 한껏 묻어나는 목소리
로 말을 이었다.

─아무튼, 큰 결정 하느라 고생하셨을 텐데 잘 지냈다니 다행
이네요.

"걱정해 주셔서 감사합니다, 최 셰프님. 그나저나 어쩐 일
로 전화 주신 건가요?"

─사실, 제안하고 싶은 게 하나 있어서요. 요즘 시간 많이 남
는다고 했죠?

"제안요?"

도진은 갑작스러운 전화의 주인공.

최석현 셰프의 물음에 당황스러운 마음을 감추지 못했다.

하지만 이어지는 그의 말에…….

-혹시 다음 시즌의 객원 셰프, 해 볼 생각 있나요?

자연스레 지어지는 미소를 감출 수 없었다.

객원(客員)이란 무엇인가.

으레 말하는 객원은 어떤 일에 직접적인 책임을 지지 않고 외부에서 참여하는 이들을 칭한다.

보통 객원으로 참여하게 되는 경우는 단발성의 프로젝트 나 시즌제 등의 기간이 정해져 있는 경우가 많았다.

따라서 도진은…….

-저희 '아틀리에'의 다음 시즌 객원 셰프로 와 줄 수 있나요?

"좋습니다."

최석현의 '객원 셰프'로 와 달라는 제안을 부담 없이 수락 할 수 있었다.

다만.

그가 도대체 왜 자신에게 이런 기회를 주려고 했는지 알 수 없는 노릇이었다.

우스갯소리로 한 고양이 손이라도 빌리고 싶다는 말이 장난이라는 건 알고 있었다.

하지만 도진이 학교를 관뒀다는 얘기를 듣고 먼저 연락해왔다는 건 지난번 도진에게 흘리듯 했던 제안도 빈말은 아니라는 뜻이었다.

도진은 가장 근본적인 것부터 접근해 보기로 했다.

과연 그가 객원 셰프를 구하려는 이유는 무엇일까?

객원 셰프를 들이는 경우는 보통 둘 중 하나였다.

전자는 바쁜 본인의 자리를 채워 줄 이를 찾는 것.

'하지만 그렇다면 최석현이 나 같은 햇병아리를 쓸 이유는 없지.'

분명 최석현의 주변에는 그의 기준에서 더 좋은, 더 훌륭한 셰프들이 많이 있을 터였다.

'그렇다면 남은 이유는 결국 후자인데.'

보통의 객원 셰프는 가게에 대한 책임감이 덜한 편이었기에 안정적으로 가게를 운영해야만 하는 오너 셰프에 비해 적은 부담감으로 더욱더 도전적이고 진취적인 메뉴를 개발해 낼 수 있다.

말 그대로 객(客)이었기 때문에 가능한 일이었다.

도진은 최석현이 자신에게 바라는 것이 그것이라고 생각했다.

'좀 더 획기적이고 이목을 끌 수 있는 도전적인 메뉴.'

그렇게 생각하면서도 도진은 도무지 알 수 없는 노릇이었다.

도대체 왜 자신 같은 햇병아리 셰프에게 이리도 우호적인 제안을 해 오는 것일까?

'방송 출연의 화제성을 위해서? 아니면 최연소 셰프라는 걸 미끼로 사람들의 궁금증을 유발하려고?'

그럴 리 없었다.

최석현은 이미 셰프로서는 최상급이었고, 방송인으로서도 충분한 인지도를 지니고 있었다.

아무리 도진이 이전 생에서 오너 셰프의 위치까지 올라갔지만, 최석현이 그것을 알 턱은 없었다.

'굳이 실전 경험이 없을 게 뻔한 나를 고용할 필요는 없을 텐데…….'

그럼 도대체 무슨 이유에서 자신을 객원 셰프로 들이고자 하는 걸까.

도진은 결국 궁금함을 참지 못하고 입을 열었다.

"하나만 물어봐도 될까요?"

-얼마든지요.

"왜 저인 건가요?"

도진의 순수한 물음에 최석현이 못 참겠다는 듯 웃음을 터트렸다.

-그럼 일단, 만나서 얘기 나눌까요?

2월 중순.

지난주에 나간 '청춘 셰프'의 마지막 방송의 여파일까.

도진은 밖을 돌아다닐 때면 새삼스럽게 자신을 알아보는 이들이 늘어난 것을 느꼈다.

"야, 야. 저기, 장도진 아니야?"

"김도진이겠지, 멍청아. 아, 근데 맞는 것 같은데."

"가서 말이라도 걸어 봐?"

자신을 쳐다보며 수군거리는 시선을 애써 외면하며 머쓱하게 목도리를 여민 도진은 버스를 내리며 핸드폰으로 지도를 켰다.

"여기 어디쯤인데……."

고즈넉한 정취가 느껴지는 창덕궁 옆 옛길을 쭉 따라가던 도진은 이내 자신이 찾던 곳을 발견할 수 있었다.

'셰프 쵸이(Chef CHOI)'

바로 최석현이 헤드 셰프로 있는 파인다이닝이었다.

계단을 올라가 2층에 다다른 도진이 클로즈드(Closed)라고 적힌 팻말을 무시하고 문을 열고 들어서자 맑은 풍경소리가 울렸다.

찰랑―.

그 소리에 도진을 기다리고 있던 최석현이 자리에서 일어나 그를 반겼다.

"왔어요? 먼 길이었을 텐데, 고생했습니다. 이리로 앉아요."

"네, 감사합니다."

도진은 최석현의 앞자리에 다다르기까지 불과 몇 걸음 되지 않는 사이.

셰프 쵸이의 내부를 둘러보며 감탄을 금치 못했다.

일정한 간격으로 나 있는 큼직한 전면 창밖으로는 창덕궁의 전경이 한눈에 들어왔다.

자리에 앉기까지 한참을 두리번거리는 도진의 모습에 최석현이 말을 보탰다.

"봄이나 가을에는 더 예쁩니다."

그에 멋쩍은 미소를 지은 도진이 급히 질문을 던졌다.

"셰프님은 이런 멋진 가게를 두고 왜 새 가게를 오픈하신 거예요?"

말을 돌리기 위한 질문이었으나, 가장 궁금한 질문이기도 했다.

도진이 아는 바에 따르면 최석현은 호텔의 레스토랑에서 일했던 것을 제외하면 쭉 파인다이닝을 고집했다.

그런 그가 갑작스럽게 오픈한 비스트로 '아틀리에'는 영업을 시작하기 전부터 이미 화제였다.

그냥 일반적인 비스트로가 아니었기 때문이다.

고정된 메뉴를 파는 보통의 비스트로와는 다르게 마치 파인다이닝처럼 시즌마다 메뉴가 바뀌는 비스트로라니.

흔치 않은 형식의 운영 방식은 대중의 긍정적인 관심을 불러일으켰다.

하지만 셰프들 사이에서의 평은 그다지 좋지 않았다.

"저렇게 고생해서 뭐 얼마나 벌어들일 수 있다고……."

보통의 파인다이닝에서도 시즌마다 코스의 메뉴를 바꿀 때면 수없이 많은 노력이 들어가는데, 고작 비스트로에서 그렇게까지 품을 들일 필요가 있냐는 말이었다.

일부에서는 흥미롭다는 여론도 있었다.

"부담도 훨씬 적을 거 같고 재미있어 보이는데?"

이전까지는 시도해 본 적 없는 운영 방식에 가게의 흥망성쇠는 아무도 예측할 수 없었고, 사람들 사이에서 의견만 분분할 뿐이었다.

하지만 최석현은 수많은 말들 사이에서도 흔들리지 않았다.

그리고 '아틀리에'의 공식적인 첫 시즌 마무리를 앞둔 지금.

끝까지 자신의 집념을 지킨 그는 결국 결과로써 자신이 틀리지 않았다는 것을 증명해 냈다.

그는 도진의 질문에 한참을 고민하다 입을 열었다.

"사실 처음에는 반발이 많았죠."

지난 시간을 회상하는 듯, 먼 곳에 시선을 두고 말을 잇는 최석현의 얼굴에는 지긋지긋하다는 표정이 그려져 있었다.

"잘하고 있던 가게 놔두고 뭣 하러 일을 벌이냐고, 그런 식으로 운영하면 얼마 못 가서 망할 거라고 어찌나 오지랖들을 부리던지.”

“그런 말들을 들으면서 걱정은 안 되셨어요?”

“어떤 게요? 정말 망할지도 모른다는?”

도진의 물음에 최석현이 코웃음을 치며 대답했다.

“도진 씨, 저는 그런 걱정을 먼저 하면 아무것도 시작할 수 없다는 걸 알아요. 그렇기에 이번에도 일종의 새로운 도전을 한 겁니다.”

“아틀리에가, 도전이라는 말인 건가요?”

“네, 맞습니다.”

그동안 파인다이닝만을 고집해 왔던 최석현은 누구보다 잘 알고 있었다.

보통의 대중이 파인다이닝에 가지고 있는 흔한 인식.

예약하기가 힘들고, 높은 가격대로 인해 특별한 날에나 겨우 가 볼까 하는 곳.

최석현은 그것이 안타까웠다.

그는 언제나 좀 더 많은 이들이 맛있는, 그리고 다양한 요리를 접해 볼 수 있기를 바랐다.

‘손님들이 좀 더 저렴한 가격으로 높은 퀄리티의 다양한 음식을 접할 수 있게 하는 것.’

그렇게 기획하게 된 것이 바로 이 ‘아틀리에’였다.

“그렇다면 최 셰프님이 꾸준히 운영하시는 게 퀄리티를 유지하기에 더 낫지 않나요? 사실 저는 셰프님이 객원 셰프를 권유해 주신 게 감사하긴 하지만…….”

도진이 머뭇거리다 결국 가장 궁금했던 질문을 던졌다.

“도대체 왜 객원 셰프를, 게다가 저를 고용하려고 하시는 건지 모르겠어요.”

최석현이 도진의 물음에 민망한 듯 웃었다.

“사실 이건 아무한테도 말한 적이 없어서 좀 민망하긴 합니다만, 아틀리에가 무슨 뜻인지 알고 있나요?”

“공방 같은 거 아닌가요?”

“맞습니다. 정확히는 한 사람의 스승을 중심으로 많은 제자가 조직되어 있는 공방을 뜻하죠.”

그가 조심스레 말을 이었다.

“아직은 자신의 가게를 차릴 수 없는 떠오르는 신예 셰프들이 이곳을 거치면서 시행착오를 조금이라도 줄이고, 발돋움을 할 수 있는 발판이 되었으면 좋겠다고 생각해서 ‘아틀리에’라고 이름을 짓게 되었습니다.”

처음 입 밖으로 내는 듯한 얘기에 횡설수설하기도 잠시.

“제가 도진 씨에게 이런저런 것들을 지원해 주고 싶다고 말한 것도 그런 이유였습니다. 재능 있는 이들이 현실의 벽에 부딪혀 꿈을 포기하지 않았으면 하는 마음에서요. 그리고, 당신의 가능성을 좀 더 곁에서 보고 싶기도 하고요.”

도진에게 처음으로 솔직한 속내를 드러낸 최석현은 부끄

러운 듯 그의 시선을 피했다.

도진은 최석현의 말에 잠시 생각에 잠겼다.

'정말 후학 양성을 위해서였었던 건가…….'

그의 생각지도 못한 진심에 놀란 도진은 쉬이 입을 열지 못했고, 그런 도진의 모습에 민망해진 최석현이 괜스레 말을 덧붙였다.

"그리고 한 사람이 낼 수 있는 아이디어는 한계가 있으니까요. 같이 메뉴 개발을 하면 좀 더 다양한 아이디어들이 나올 수 있을 거라는 기대도 있습니다."

흔히 볼 수 없는 최석현의 모습에 도진이 웃음을 터트렸다.

자기 일에 그 누구 못지않게 열정을 가지고 있는 이였다.

도진은 그동안 몇 번이고 봐 왔던 최석현이었지만, 오늘에야말로 진정한 그의 모습을 볼 수 있게 된 기분이었다.

"감사합니다. 셰프님."

"고맙다는 인사는 일단 계약서 먼저 쓰고 할까요?"

"좋죠."

가볍게 장난을 치며 무거워졌던 분위기를 푸는 최석현에 도진이 미소 지었다.

"그래서, 저는 어떤 조건으로 일하게 되나요?"

"우선 한 시즌은 수 셰프로, 다음 시즌은 헤드 셰프로 들어오는 조건으로 적어도 두 시즌은 계약하고 싶습니다."

최석현이 잠시 머뭇거리더니 이유를 설명했다.

"도진 씨 같은 경우는 제가 이미 여러 번 실력을 검증하기는 했지만 아직은 실전 경험이 없고, 결정적으로 나이가 워낙 어리니 단번에 헤드 셰프로 오게 되면 다른 직원들의 반발을 무시하기는 힘들 것 같아서요."

그의 말을 듣던 도진이 곰곰이 생각하더니 이내 결심한 듯 제안했다.

"헤드 셰프로 가겠습니다."

"예? 하지만, 괜찮겠습니까? 차차 실력을 인정받고 자세가 잡히면 헤드 셰프로 올라오는 게……."

최석현은 걱정 어린 눈으로 도진을 바라보며 말을 이었다.

하지만 이미 노련한 셰프로서 출중한 주방 경험이 있는 도진이었다.

가뜩이나 남들보다 훨씬 이른 나이부터 실력을 인정받아 관리자의 직급에 섰기에, 자신을 어리다고 낮잡아 보는 이들을 휘어잡는 건 일도 아니었다.

"괜찮습니다. 어차피 일정 계약 기간이 지난 뒤 헤드 셰프가 될 거라면, 처음부터 헤드 셰프인 게 좋습니다."

도진의 목소리에는 자신감이 가득 차 있었다.

새벽 5시, 개학을 맞이한 다른 친구들이 등교 준비를 하고 있을 시간.

　도진은 깔끔하게 옷매무새를 정리하고 하고 '아틀리에'의 문을 열고 들어섰다.

　계약 조건을 다듬은 뒤 각자의 준비를 마치고 출근하게 된 첫날이었다.

　당장 3월의 마지막 주부터 영업을 시작하기 위해서는 준비를 할 수 있는 시간은 고작 보름 남짓이었다.

　가게의 분위기는 물론 함께 일하게 될 사람들을 파악하고 새로운 메뉴를 개발하기까지는 턱없이 부족한 시간이었지만, 도진은 자신 있었다.

　"가게 분위기가 전체적으로 밝고 따뜻한 느낌이라 좋네요."

　"마음에 든 것 같아 다행입니다. 아직 다른 직원들은 출근 전이니 간단하게 전 시즌 메뉴 설명부터 해 드리겠습니다. 참고하세요."

　미리 가게에 도착해 도진을 맞이할 준비를 하고 있던 최석현이 찬찬히 설명을 시작했고…….

　"안녕하십니까, 셰프!"

　"좋은 아침입니다!"

　머지않아 하나둘 출근한 직원들은 어느새 모두 근무복으로 갈아입은 뒤 모두 홀에 모였다.

　"다들 다음 시즌 헤드 셰프는 객원 셰프님이 오실 거라고 얘기했던 것 기억나죠?"

"네, 근데 혹시 설마설마해서 묻는 건데 저분이……."

"맞습니다. 나이는 어려도 실력 하나는 제가 보증하는 분입니다. 소개 부탁드릴게요."

최석현은 자신부터 나서서 최대한 도진은 헤드 셰프로서 존중하며 소개했지만, 직원들의 반응은 영 시원치 않았다.

하지만 이 정도는 도진도 이미 예상했던 일이었다.

"김도진입니다. 잘 부탁드립니다."

딱 보기에도 어려 보이는 외견인 그가 헤드 셰프라고 하니 믿을 수 없는 듯한 눈치였다.

떨떠름한 표정으로 각자 자기소개하는 이들과 한 명씩 눈을 맞추며 인사를 나눈 도진은 마지막으로 자신을 소믈리에라고 소개하는 이와 악수한 뒤.

무언가 이상하다는 듯 최석현을 향해 물었다.

"총 아홉 명이라고 하지 않았나요? 왜 여덟 명밖에 없죠?"

"아, 우리 수 셰프가 아직……."

도진의 물음에 최석현의 대답이 채 끝나기도 전.

"늦어서 죄송합니다! 아, 오늘따라 차가 너무 많이 막혀서요."

마지막 한 명이 도착했다.

"오늘 헤드 셰프님이 오신다고 했었던 것 같은데."

급히 옷가지를 정리하며 말하던 수 셰프는 모여 있는 이들과 도진을 몇 번이고 번갈아 보다, 이내 입꼬리를 비뚜름하게 올리며 말을 이었다.

"막내가 새로 온 거예요?"

이미 도진이 누구인지 파악한 게 눈에 뻔히 보였지만 모르는 척 말하는 그의 눈동자에는 누가 봐도 적대감이 느껴지고 있었다.

순식간에 가게 안의 분위기가 싸하게 가라앉았다.

다른 직원들은 '수 셰프가 결국 사고를 치는구나.' 하는 표정으로 도진을 바라보았다.

어린 나이의 헤드 셰프가 기가 죽어 있을 게 뻔히 보였기 때문이다.

하지만 이게 웬걸, 분명 울상을 짓고 있으리라 생각했던 도진의 입꼬리는 잔뜩 올라가 있었다.

그뿐이랴.

반쯤 접힌 눈빛이 형형하게 빛났다.

예상하지 못한 반응에 수 셰프가 잠시 멈칫하는 사이.

"잘 부탁드립니다. 헤드 셰프, 김도진입니다."

도진이 손을 뻗으며 인사를 건넸다. 낮고, 부드럽지만, 일련의 위압감이 느껴지는 음성이었다.

수 셰프는 새로 온 헤드 셰프가 필드 경험조차 없는 어린 애라고 생각했다.

그 생각은 여전했다.

다만.

'뭐지?'

수 셰프는 자신의 눈앞에 서 있는 도진을 빤히 바라보았다.

'왠지-.'

호락호락해 보이지 않았다.

물론 그것과는 별개로 영 마음에 들지 않는 점은 변함이
없었다.

"예, 수 셰프 김명호입니다."

'아틀리에'의 수 셰프 김명호는 올해로 스물여덟 살이 되
었다.

항상 투덜거리며 힘들다고 이러쿵저러쿵해도 김명호는 햇
수로만 벌써 8년째.

요리를 업(業)으로 삼고 있었다.

그중 최석현 셰프와 함께 일한 시간만 총 5년.

아니, 정확히 따지자면 올해로 총 6년째가 되었다.

그렇기에 이쯤 되면 최석현 셰프에 대해 충분히 잘 안다고
생각했건만……

"첫 시즌 마무리까지 다들 고생 많았습니다. 다음 시즌 시
작 전에 다들 재정비할 수 있도록 3일간 충분히 휴식한 뒤
만나도록 합시다."

이어지는 최석현의 말에 김명호는 자신이 알던 그가 맞는지에 대한 의문이 들었다.

"아, 그리고 두 번째 시즌부터는 객원 셰프님이 헤드 셰프를 맡아 주실 겁니다. 휴가 후 첫 출근 날 소개할 예정이니다들 참고해 주세요."

갑작스러운 공지였다.

'분명 사전에 얘기하기로는 최 셰프님이 두 시즌 먼저 시범적으로 운영하고, 다음 시즌부터 객원으로 헤드 셰프가 온다고 했었는데.'

모든 일은 사전에 계획을 세워 진행하던 최석현이 갑자기 다음 시즌부터 새로운 헤드 셰프가 올 것이라 말한 것은 정말 그답지 않은 일이었다.

하지만 김명호는 그의 말에 단지 '예, 셰프.'라고 대답할 뿐이었다.

김명호에게 최석현은 절대적인 존재였기 때문이다.

그는 아무런 꿈도 없이 그저 오늘을 버티는 데에 급급했던 어린 김명호에게 요리사라는, 셰프가 되고 싶다는 꿈을 품게 해 준 이였다.

'처음 셰프님을 뵌 게 스물한 살 겨울이었나.'

일찍이 세상을 떠난 부모님을 대신해 김명호를 키워 준 할머니는 그의 세상에서 가장 절대적인 존재였다.

할머니는 얼마 되지 않는 연금과 동네를 돌아다니며 폐지를 주운 돈으로 김명호를 키웠다.

그는 언제나 부족한 생활이었지만, 조실부모한 초등학생이었던 자신을 키워 주신 할머니에게 언제나 감사한 마음을 품고 살았다.

그렇기에 고등학교를 졸업한 뒤, 바로 취직해 할머니를 호강시켜 드리겠다는 생각에 부풀어 있었건만.

그 생각은 실천으로 옮기지 못했다.

고등학교 졸업식 전날, 갑작스럽게 쓰러진 할머니는 그날부로 다시는 볼 수 없게 되었다.

더 이상 다정스럽게 '명호야.' 하고 부르는 할머니의 목소리를 들을 수 없게 된 그날.

그의 세상이 무너졌다.

담임 선생님의 도움으로 겨우 장례식은 마쳤지만, 당장 시신을 안치하는 것부터가 문제였다.

"보통은 납골당에 안치하는 경우가 많은데 아무래도 비용이……."

"그냥 제가 가져가도 되나요?"

"물론이죠, 그냥 집에 안치하는 분들도 종종 계세요."

유골함을 납골당에 맡길 여유조차 없었던 김명호는 할머니의 유골이 담긴 함을 소중히 품에 안은 채 집으로 돌아올 수밖에 없었다.

그게 끝이 아니었다.

"월세 계약 기간이 끝났는데, 언제쯤 방 뺄 수 있어요? 내가 명호 학생 안타까워서 남은 한 달치 월세는 안 받았는데 계속 그럴 수는 없으니까……."

현실은 차가웠고, 세상은 비정했다.

소중한 존재를 잃은 것에 충분한 애도의 시간을 가질 틈도 없이 삶이 부닥쳐 왔다.

당장 먹고사는 것부터가 문제였으나, 주변의 기댈 어른들조차 없었기에 아무런 준비가 되지 않은 김명호는 결국 입대를 선택할 수밖에 없었다.

군대에서의 생활도 쉽지 않았다.

소중한 존재를 잃은 것에 대해 충분히 애도할 시간이 없었기 때문에 군대 내에서 김명호는 언제나 그늘진 얼굴을 하고 있었다.

그리고 그런 김명호를 사람들은 조금만 건드리면 사고를 칠 거 같은 일명 '관심 병사' 취급했다.

넋이 나간 채 2년을 흘려보낸 뒤 제대를 하게 되어도 상황은 별반 다르지 않았다.

당장 지낼 곳조차 없어 어찌해야 할지 모르던 김명호를 도와준 건 다름 아닌 고등학교 때 가장 친했던 친구였다.

그렇게 그는 대학에 들어가며 자취를 시작한 친구네 집에서 몇 달을 머무르게 되었다.

학교에 다니는 친구의 모습은 부러웠다.

그저 흘러가는 대로 아무것도 하지 않은 채 하루를 낭비하던 그가 보기에 친구는 '진짜 삶'을 살아가는 느낌이었다.

그런 그의 마음을 알아채기라도 한 걸까.

함께 마주 앉아 김명호가 차린 밥을 먹던 친구가 권유했다.

"일이라도 해 보는 건 어때? 너 요리 잘하니까, 식당이라든가."

"내가 요리를 잘해?"

"네가 해 준 밥 맛있어!"

생각지도 못한 친구의 칭찬에 김명호는 놀랄 수밖에 없었다.

'내가 잘하는 게, 있었구나.'

그날부터 김명호는 일을 찾기 시작했다. '삶'을 마주하기로 마음먹은 것이었다.

[구인]셰프 드 퀴진, 1~3년차 주방 직원 구합니다.(숙식 제공)

고등학교를 졸업한 뒤 바로 군대를 갔다 온 김명호에게 경력이 있을 리 만무했다.

하지만 언제까지고 친구의 원룸에 얹혀살 수 없었기에 '숙식 제공'이라는 조건에 눈이 멀어 그는 밑져야 본전이라는 생각으로 지원서를 넣었다.

그리고 그곳이 최석현 셰프와의 첫 인연이 시작되었다.

최석현은 당시 그곳의 헤드 셰프로서 김명호의 면접을 보게 되었다.

"좋아요. 내일 저녁에 짐 챙겨서 이 주소로 가면 됩니다. 출근은 모레부터 하는 걸로 하죠."

김명호의 사정을 모두 들은 뒤 최석현은 잠시 생각에 잠기는 듯하더니 더 이상 아무런 질문을 하지 않고 경력이 없었던 그를 채용했다.

그렇게 처음 주방에 발을 들이게 되었다.

지금에서야 생각해 보면 '파인다이닝'에 대해 무지했기 때문에 할 수 있었던 일이었다.

최석현은 아이를 가르치는 부모처럼 김명호에게 아낌없이 자신의 지식을 나눴다.

좀 더 다양한 요리를 접해 보아야 한다는 그의 권유를 받아 다른 레스토랑의 '스타주'로 일해 보지 않았다면, 셰프들은 원래 다 직원들에게 친절하게 알려 주는 게 당연하다고 생각할 정도의 수준이었다.

그런 과정들을 거치며 김명호는 어엿한 '요리사'가 되었다.

그리고 바로 옆에서 이렇게 성장할 수 있도록 도와준 최석현을 자신에게 절대적인 존재로 받아들이게 되는 것은 당연한 수순이었다.

'셰프님은 항상 이유 없이 결정하는 법이 없으셨으니, 이번에도 마찬가지겠지.'

그렇기에 김명호는 최석현이 '아틀리에'의 두 번째 시즌의 객원 셰프에 대한 결정도 분명 충분한 이유가 있으리라 생각했다.

자신의 눈앞에 나타난 김도진을 보기 전까지는.

"잘 부탁드립니다. 헤드 셰프, 김도진입니다."

휴가가 끝난 뒤 첫 출근은 할 일이 많았다.

그중에서도 가장 먼저 해야 할 일은 바로 주방을 청소하는 일이었다.

김명호는 각자의 맡은 파트를 청소하는 다른 직원들을 지켜보다가, 홀에서 최석현과 대화를 나누고 있는 도진에게로 시선을 옮겼다.

"그러니까, 막내가 아니라 진짜 헤드 셰프로 온 거라고."

헛웃음이 나왔다.

자신이 주방에 발을 들인 나이보다 두 살이나 어린 나이였다.

"주방이 무슨 소꿉놀이 하는 곳도 아니고……."

도무지 믿기지 않는 현실에 김명호는 몇 번이고 눈을 씻고 그들을 번갈아 보았다.

하지만 아무리 그렇게 현실을 부정한다고 하더라도 바뀌

는 것은 없었다.

김도진은 '아틀리에'의 두 번째 시즌을 책임질 헤드 셰프였다.

김명호는 무언가 잘못되었다는 생각이 들었다.

주변의 이들이 아무리 곧 망할 게 뻔하다며 만류했음에도, 김명호는 최석현을 믿었기에 '아틀리에'의 수 셰프 제안을 받아들였던 것인데……

'그런데 돌아온 게, 고작 열아홉 살의 풋내기를 헤드 셰프로 보좌해야만 하는 일이라니.'

김명호는 모멸감이 들 수밖에 없었다.

아니, 사실 솔직히 말하자면 김도진이 자신보다 높은 직급의 헤드 셰프로 왔다는 사실보다, 최석현이 자신이 아닌 김도진의 편을 들었다는 것에 가장 큰 배신감을 느꼈다.

물론 '헤드 셰프'라고 생각하면 자신이 잘못한 게 맞았다.

하지만 한눈에 봐도 어려 보이는 도진에게 헤드 셰프를 맡겼다는 사실이 자신의 실력에 대한 프라이드를 짓밟힌 듯한 기분이 들게 했다.

그와 동시에 '김도진'은 얼마나 잘났기에 저렇게 어린 나이에 최석현의 믿음과 지지를 받으며 '헤드 셰프'로 올 수 있는가에 관한 생각이 들어 저도 모르게 열등감이 끓어올랐고, 순간적으로 그걸 참을 수 없는 마음에 비아냥거렸다.

최석현은 도진의 소개를 급히 마무리한 뒤, 그런 김명호를 따로 불렀다.

처음 자신을 따로 불렀을 때, 김명호는 최 셰프가 자신의 마음을 알고 타이르려고 부른 게 분명하다고 생각했다.

"충분히 설명하지 않은 제 잘못도 있지만, 뻔히 알면서도 막내냐고 물어본 건 명호 씨가 잘못한 겁니다. 이따 꼭 사과하도록 하세요."

그런데 거기서 도진의 편을 들다니.

마치 아빠가 자신보다 옆집 아이를 더 예뻐하는 사실을 알게 된 기분이었다.

'최 셰프님은 나한테 그러시면 안 되는 거 아니야?'

그런 김명호의 억울한 설움이 담긴 표정을 알아본 것일까.

그릴 파트의 서수림이 눈치를 쓱 보더니 김명호에게 알랑방귀를 뀌며 말을 걸었다.

"수 셰프! 진짜 셰프 말대로 막내 뽑은 거 아니고 헤드 셰프로 온 거 맞아요? 와, 이게 뭐예요. 여기가 탁아소도 아니고⋯⋯."

"그러게나 말이다."

"나이도 저희보다 한참은 어려 보이던데, 주방에서 일이나 해 본 적 있대요?"

"이런 주방 실전 경험은 전무라니까 더 기가 막힌 일이지."

"헐, 정말요? 우리 비스트로 투자자 아들 뭐 그런 건가? 진짜 통 이해할 수가 없네⋯⋯."

"쓰읍, 말조심해. 최 셰프님은 그런 분 아니셔."

눈앞의 상황이 이해가 안 되는 건 마찬가지였지만 김명호는 서수림을 급히 입조심시켰다.

아무리 지금 최석현이 터무니없는 일을 벌였다지만, 여전히 그가 이 파인다이닝의 '오너 셰프'인 것은 틀림없는 사실이었다.

"에이, 하지만 이건 진짜 말도 안 되는 일이잖아요. 수 셰프."

서수림은 김명호가 '아틀리에'로 오면서 직접 데리고 온 이였기에 좀 더 신경을 써 준 것에 기세등등해서 곧장 이렇게 편하게 말을 걸어오곤 했지만······.

입이 방정이라고 항상 아슬아슬하게 선을 넘을 뻔한 그의 언행이 여간 신경 쓰이는 게 아니었다.

"하여튼, 너는 입이 문제야. 수림아."

"수 셰프도 제 말에 어느 정도 동의하는 거 다 알아요. 이렇게 된 거 제가 좀 골려 줄까요?"

"알아서 해."

김명호가 서수림의 물음에 말끝을 흐리자 서수림이 눈을 샐쭉하며 웃었다.

"그럼요. 셰프는 모르는 일이죠."

분명 무언가 꿍꿍이가 있어 보이는 모습이었지만, 김명호는 애써 모르는 척하며 시선을 돌렸다.

천재셰프
화귀하다

직원들을 모두 소개받은 후 최석현과 계약을 마무리한 뒤 앞으로의 운영 계획과 메뉴 개발에 관한 이야기를 나눈 도진은 곧장 주방으로 향했다.

앞으로 일하게 될 주방이 궁금했던 것은 물론이고, 아침의 자기소개 시간에 어색했던 그들의 태도에 주방 분위기가 어떨지 궁금했기 때문이다.

'내가 자기 영역이라고 생각한 곳에 들어가면, 과연 그 수 셰프가 어떤 반응을 보일지 궁금하기도 하고…….'

하지만 기대하고 들어섰던 주방에서의 김명호는 이전의 기세등등함은 어디로 갔는지 조금 누그러진 반응이었다.

"수 셰프님. 저희 재고 좀 확인할 수 있을까요? 어떤 재료들이 있는지 확인해 봐야 할 것 같아서요."

"네, 여기 있습니다. 확인하시고 셰프님 필요하신 재료들은 따로 말씀해 주시면 내일 발주 넣을 때 함께 넣도록 하겠습니다. 창고 안내는…….."

하지만 항상 의외의 복병은 다른 곳에서 나왔다.

"제가! 제가 안내할게요!"

자신이 창고의 안내를 맡겠다며 어디선가 튀어나온 20대 중반쯤 되어 보이는 이를 바라보며 도진이 물었다.

"그러니까, 서수림 씨였나요?"

"네, 맞아요."

김명호가 발랄하게 대답하는 서수림을 보며 작게 한숨을 쉬고는, 못 말리겠다는 듯 고개를 내젓더니 그에게 안내를 맡겼다.

"그래, 수림이 네가 안내해 드려."

"넵! 맡겨만 주세요!"

의외로 화기애애한 분위기가 그려지는 듯한 주방의 분위기에 도진은 생각했다.

'이대로만 지낼 수 있으면 꽤 수월하게 적응할 수 있겠는데…….'

하지만 그런 생각이 채 끝나기도 전.

"그래서 몇 살이라고?"

둘만 남은 공간에서 순식간에 말을 놓는 서수림을 보며 도진은 헛웃음을 터트렸다.

'하, 이런 식으로 나오신다?'

아틀리에

"아, 저는 뭐……. 근데, 셰프 진짜 어리네. 몇 살부터 요리를 시작한 거예요?"

"저는 열아홉 살입니다. 수림 씨는요?"

서수림은 창고로 향하는 그 짧은 시간 동안 얼마나 할 말이 많은지, 끊임없이 도진에게 말을 걸었다.

"근데 셰프 아직 학교 다닐 나이 아닌가? 학교는 어떡하고?"

자신의 말을 은근히 무시하며 계속해서 지적하기 애매한 반존대를 섞어 가며 말을 거는 서수림의 태도에 도진은 긴가민가하면서 그를 살폈다.

'원래 이런 말투가 입에 익은 건지. 아니면 텃세 부리느라 이렇게 말하는 건지…….'

그도 그런 것이.

"오래 보관할 수 있는 재료들은 다 여기 보관하고, 빨리 소모되는 주방 기물들도 여기에 재고 보관해요. 모자란 건 금요일에 재고 파악해서 발주 넣고, 월요일에 입고되고요."

"채소나 신선하게 보관해야 하는 재료들은 저기 워크인 냉장고에 보관하는데, 보통 사용하기 이틀 전에 발주하니까 참고하고. 만약 급하게 필요한 재료가 생기면 근처 시장에서 사 오거나 최 셰프님 파인다이닝이 멀지 않아서 재료를 빌려 오는 일도 있어요."

"아, 라커룸이랑 사무실은 안내받았나? 우리는 수 셰프 사무실이랑 헤드 셰프 사무실 각각 두 개가 있어서."

창고를 시작으로 도진이 쓰게 될 사무실과 물건을 내리는 하역장 출구는 물론, 주방 내부의 설명 등.

도진이 앞으로 일하기 위해서는 알고 있어야 편한 내용들까지 모두 물어보지 않아도 쉴 새 없이 입을 놀려 알려 주었기 때문이다.

게다가 그런 서수림의 말들을 옆에서 뻔히 들은 수 셰프 김명호도 별다른 말이 없었다.

'직원들의 기강을 잡는 건 보통 수 셰프의 역할인데 말이지.'

애매모호한 두 사람의 모습에 도진은 슬그머니 승부수를 띄워 보기로 했다.

"홀 직원들은 다음 시즌 시작하기 이틀 전부터 출근할 예정이니까, 홀도 대충 내가 설명해 줄…….”

도진이 홀로 통하는 출입구를 향해 앞장서며 말하는 서수림의 말을 끊으며 물었다.

“근데 수림 씨는 원래 그렇게 존댓말을 못 하나요?”

“아.”

그에 서수림이 당황한 듯 짧은 감탄사와 함께 걸음을 멈추고 뒤돌아 도진을 바라보았다.

예상치 못한 질문에 놀란 듯한 표정을 금세 갈무리한 서수림은 도진의 눈을 똑바로 보고 대답했다.

“미안해요. 나도 모르게 그만. 아무래도 셰프님이 너무 어리셔서 자꾸 말이 헛나오나 봐요. 주의하겠습니다.”

샐쭉하게 눈을 접으며 한쪽 입꼬리를 올리고 말하는 서수림의 모습은 누가 봐도 명백한 비아냥이었다.

그리고 김명호는 그 모습을 보고도 그저 고개를 돌려 자신이 하던 일을 마저 할 뿐이었다.

서수림의 행동을 보고도 모른 척, 암묵적으로 동의한 것이다.

두 사람을 번갈아 본 도진은 그제야 확실히 알 수 있었다.

‘이거 나 완전히 무시당한 거네.’

이렇게까지 얕보이다니, 실로 오랜만에 겪는 경험이었다.

도진은 환한 미소를 지으며 서수림에게 말했다.

“네, 주의해 주세요. 그래도 제가 수림 씨보다 상사잖아요?”

도진의 대답을 들은 서수림은 무언가 마음에 들지 않는 듯 입술을 비죽이고는 '따라오세요.'라며 몸을 팽 돌려 다시금 홀을 향해 성큼성큼 걸어갔다.

그 모습에 도진이 터져 나오는 웃음을 겨우 참아 냈다.

'애쓴다, 진짜.'

기껏 해 봤자 스물넷, 다섯 정도 되어 보이는 앳된 얼굴.

'내가 저 나이 때는 뭐 했더라.'

도진에게는 서수림의 치기 어린 행동들이 그저 귀엽게 느껴질 뿐이었다.

출근 첫날은 무난하게 흘러갔다.

서수림이 해 주는 가게의 안내를 듣고 홀로 주방을 둘러본 뒤, 먼지가 쌓인 주방과 홀의 청소를 도왔다.

3일 동안 비워 놨던 가게를 치우는 데에는 생각보다 많은 시간이 소모되었다.

신경 쓰지 않으면 잘 보이지 않는 곳들에는 먼지가 한가득 쌓여 있는 것을 보아하니 비단 그동안 눈에 보이는 것들만 신경 쓴 게 틀림없었다.

자주 쓰던 집기들에 흠이 있는지 확인하고 교체한 뒤, 칼을 가는 것으로 시작해 눈에 보이는 먼지가 쌓인 곳곳을 치우는 것은 물론, 평소에는 미처 신경 쓰지 못한 듯 보이는 냉동고 위까지 깔끔하게 청소를 마쳤지만 그게 끝은 아니었다.

성에가 낀 창고 안쪽의 냉동고부터 시작해서 주로 쓰이는 재료를 보관하고 있는 워크인 냉장고와 냉동고까지 뒤집어 엎은 뒤.

마지막으로 주방의 바닥까지 말끔하게 청소하고 쓰레기들을 정리해 배출하자 시간은 벌써 점심을 훌쩍 지나 있었다.

도진은 지친 직원들에게 '오늘은 청소하느라 고생했으니 이만 들어가세요.'라며 일찍 퇴근시키고 수 셰프인 김명호를 헤드 셰프의 사무실로 불렀다.

"어떤 것 때문에 그러시죠?"

"다음 시즌 준비 기간에는 메뉴 서비스 없으니까 영업시간 맞춰서 출퇴근하는 게 좋을 것 같은데, 어떻게 생각하세요?"

"네, 알겠습니다. 그렇게 공지하도록 하겠습니다."

"수 셰프도 이만 퇴근해 보도록 하세요."

"예."

도진은 마지막까지 자존심을 부리며 '예, 셰프.'라고 대답하지 않는 김명호를 어떻게 해야 좋을지 고민했다.

"아까 주의 주는 편이 나았으려나."

아직은 이 주방도, 직원들도 낯선 탓이었을까.

여러 고민이 머릿속을 떠돌았지만, 쉬이 답은 떠오르지 않았다.

"모르겠다. 내일 생각하자!"

아무리 해도 떠오르지 않는 해결 방법에 결국 짐을 챙겨 나온 도진은 앞문이 잠긴 것을 확인하고는 뒷문인 하역장 출구 쪽으로 향했다.

그리고 그곳에서 의외의 목소리를 듣게 되었다.

"아니, 지가 뭔데 형한테 퇴근하라 마라 그래요?"

"뭐긴 하지. 헤드 셰프잖아, 객원이긴 해도."

수 셰프인 김명호와 그릴 파트를 담당하는 서수림이었다.

서수림의 목소리에는 심통이 가득했다.

"하, 아무리 그래도 저는 진짜 이해할 수가 없어요. 꼴랑 열아홉 살짜리가 뭐 얼마나 잘한다고 헤드 셰프를……."

"아서라, 수림아. 최 셰프님이 직접 초빙해 왔다잖아. 물론 얼마나 능력이 될지는 모르지만……."

"딱 기다려요. 제가 쫓아낼 거예요. 나는 인정 못 해요."

"나도 마음에 안 드는 건 매한가지긴 한데, 그냥 둬. 어차 피 시즌만 하고 못 한다고 관둘 게 뻔하니까 기다려 봐."

김명호도 별반 다르지 않았다.

최석현을 신뢰하는 것과는 별개로, 도진을 전혀 인정할 수 없다는 태도였다.

"한 시즌이면 두 달 반인데 그걸 어떻게 기다리고 있어요! 두고 봐요. 제가 어떻게든 할 거니까."

"헛소리하지 말고 빨리 집에나 가. 이렇게 일찍 끝나는 날도 몇 안 되는데, 어디 놀러라도 가든지."

도진은 문밖의 그들이 가기만을 기다리다 인기척이 사라지자 조심스럽게 밖으로 향했다.

'재미있네.'

도진은 김명호를 향해 호언장담하는 서수림이 과연 어디까지 갈 것인지 궁금해졌다.

'내일은 한번 그냥 두고 볼까?'

그리고 다음 날.

도진은 얼마 지나지 않아 그 생각을 후회하게 되었다.

출근 둘째 날, 주방에 들어선 도진은 묘하게 겉도는 듯한 느낌을 받았다.

자신을 못마땅해하는 김명호는 말할 것도 없었고, 대놓고 적의를 보였던 서수림은 다른 직원들과 있을 때 특히 도진을 무시하는 티를 냈다.

본격적으로 텃세가 시작된 것이었다.

"수림 씨."

"아니, 진짜, 완전 어이가 없었다니까 그래서! 내가 그걸 얼마나 기다리고 있었는데……."

"수림 씨?"

"아. 네, 셰프. 왜요?"

몇 번을 불러야 돌아보는 서수림의 모습에 도진은 기가 찼다.

'듣기로는 4년 차 정도 된 거 같은데, 뻔히 주방 법도에 대해서 알고 있으면서 이럴 수가 있나?'

주방은 군대만큼이나 위계질서가 확실한 곳이었다.

위험한 물건이 많은 건 물론이고, 식자재를 다루는 일이었기 때문에 자칫하면 사고가 나거나 문제가 생기기 가장 쉬운 곳이 바로 이곳이었다.

그렇기에 주방 내에서는 명백한 상하관계가 자리 잡고 있었고. 자신보다 직책이 높은 이들의 오더를 정확히 따르는 게 가장 중요했다.

그런데 '헤드 셰프'의 부름을 무시하는 '*쿡(*요리사)'이라니.

'말도 안 되는 일이지.'

하지만 그 말도 안 되는 일이 지금 도진에게 일어나고 있었다.

하지만 그것은 시작이었다.

"혹시 수림 씨가 여기 있던 손질한 *숄더랙(*양의 갈비 부위 중 하나를 지칭함) 치웠나요?"

자신이 맡은 파트의 재료는 보통 직접 손질하는 것이 대부분이다.

그런데……

"글쎄요? 그걸 왜 저한테 찾으세요?"

도진은 서수림의 대답에 그저 웃음밖에 나오지 않았다.

"수림 씨가 그릴 파트 담당하고 있는 걸로 기억하는데, 아닌가요?"

"아, 제 담당이기는 한데……."

서수림이 특유의 미소를 지으며 말을 이었다.

"저는 잘 모르겠는데요?"

그의 주변에 선 다른 직원들이 도진의 눈을 피하며 서수림의 눈치를 살폈다.

심증은 있었으나 물증은 없었다.

'그렇다고 무작정 추궁을 할 수는 없으니.'

이런 괴롭힘은 오랜만이었다.

여론을 몰아 교묘하게 자신을 따돌리는 모습은 익숙했다. 전생에 자신을 놀리던 선배들의 수법과 별반 다르지 않았다.

'아니, 어쩌면 막 요리를 시작했던 그 당시가 더 심각했지.'

주방의 텃세는 물론이고, 인종차별의 문제까지 섞여 있었으니…….

그 모든 상황을 견디고 끝내 주방을 지켰던 도진이, 고작이 정도에 굴할 리 없다는 말이었다.

하지만 자신의 반응이 생각했던 것보다 미미하자 서수림의 행동은 점점 더 과감해졌다.

전날 특별히 발주를 부탁한 재료를 빼돌리는 것을 시작으로 자신의 칼을 숨기기까지 하는 서수림의 행동은 도진이 더 이상 봐줄 수 없는 지경까지 이르렀다.

'가게 사유재산을 건드리고, 요리하는 사람의 칼까지 손을 대?'

도진이 도를 넘는 서수림의 행동에 화가 차오르는 것은 물론, 이 모든 행동들을 묵인하고 있는 수 셰프와 그저 눈치만 보고 있는 다른 직원들의 모습에 화가 차올랐다.

그때.

"셰프님 칼 여기 있어요."

주방 막내 직원이 서수림의 눈치를 보며 은근슬쩍 도진에게 칼을 건네며 말했다.

"저 방송도 다 챙겨 봤었어요. 진짜 대단하신 것 같아요."

눈을 빛내며 말하는 막내 직원의 모습에 도진이 그의 이름을 다시금 물었다.

"이름이 뭐였죠?"

"정상엽입니다."

도진은 자신과 정상엽이 대화하는 모습을 곁눈질로 힐끔거리지만, 결코 다가오지 못하는 다른 직원들의 모습을 가만히 쳐다보았다.

그 모습을 오해한 듯 정상엽이 안쓰럽다는 듯 도진에게 말을 건넸다.

"셰프, 뜻대로 잘 안 되시죠?"

"예, 보시다시피."

"조금만 더 힘내세요. 방송이랑은 사뭇 다르겠지만……."

피아식별이 완전히 끝났다.

내 아군이라고는 아무런 권한도 없는 주방 막내, 정상엽뿐이었다.

그리고 내 적은…….

"네, 방송에 비해-."

나머지 주방 인원 모두였다.

"유치하네요."

애들 장난 수준의 따돌림 정도였지만 그들은 점점 더 선을 넘으려 하고 있었고, 이대로 두고 볼 수만은 없었다. 무슨 수를 써야 할 때가 온 것이다.

이런 기 싸움은 주방에서 으레 있는 일이다.

그렇기에 최석현에게 말할 수는 없었다. 인원을 통솔하는 것 역시 셰프의 역량이니까.

도진 역시 몇 번이나 겪어 본 일이었다.

전생에 자신을 못마땅하게 여기던 온몸이 우락부락하고, 산적처럼 털이 수북한 서양 요리사들에게 비하면 이들은 귀여운 병아리 수준도 못 된다.

그리고 그 천방지축 같은 요리사들을 길들이는 건-.

'내 전문 분야지.'

그런 생각을 하며 김명호를 바라보는 도진이 의미심장하

게 입꼬리를 올리며 미소를 지었다.

"메뉴를 좀 맛보고 싶은데."

"네?"

"첫 시즌에 판매했던 전 메뉴로 부탁드립니다. 손님께 내
는 그대로 만들어 주세요."

"갑자기 그게 무슨……."

"전채요리가 세 개, 메인이 네 개, 식사 메뉴가 다섯 개.
금방 만들겠네요."

김명호는 도무지 도진이 무슨 말을 하는지 이해할 수 없었
다.

"시작하시죠."

부드러운 목소리에 어울리지 않는 고압적인 태도의 지시
였다.

'부탁'이라고 말하긴 했으나 도진의 말은 명백한 명령조였
다.

그 위압감에 저도 모르게 주방으로 향하던 김명호는 자연
스럽게 도진의 지시에 따라 움직여 버린 자신의 행동에 놀라
고 말았다.

'분명 경력조차 없는 풋내기 애송이에 불과하다고 생각했

는데…….'

자신의 눈을 똑바로 보고 지시를 내리던 김도진은 누가 봐도 주방에서 가장 권위적인 '헤드 셰프'의 모습 그 자체였다.

'하지만 나도 자신은 있어.'

아틀리에의 첫 시즌은 특히 더 많은 이들의 시선이 주목되어 있었다.

방송에도 자주 나오곤 했던 최석현이 한참을 잠잠하다가 갑작스럽게 새로 벌인 일이기도 했고, 특이한 운영 방식이었기에 당연한 일이었다.

게다가 자신이 수 셰프로서 처음으로 일하게 된 곳이었다.

도진이 어떤 의도를 가지고 전 시즌의 메뉴들을 맛보고 싶다고 했는지는 알 수 없었지만, 눈 감고도 만들 수 있을 만큼 연습했다.

걱정은 하나도 되지 않았다.

분명…….

"이거 하나 나온 건가요?"

분명 그랬을 터인데.

상황은 그의 생각과는 전혀 다르게 흘러갔다.

가장 처음으로 나온 음식을 빤히 본 도진이 그릇을 들어 그대로 쓰레기통에 처박으며 말했다.

"다시."

그 모습에 잠시 할 말을 잃은 김명호가 넋을 놓은 채 말했다.

"왜……?"

황당한 표정을 숨길 수가 없었다.

"플레이팅 제대로 안 해요? 접시 끝에 소스 튄 거 못 봤어요?"

김명호가 당황한 채 말을 잇지 못하고 서 있자 도진이 김명호의 눈을 정면으로 쳐다보며 말했다.

"다시."

오만한 태도의 도진의 모습에 김명호는 할 말이 많았지만, 입안에 맴돌며 쉬이 나오지 않는 말에 불만이 가득한 얼굴로 다시 주방으로 돌아갔다.

그리고 이내 새로 만든 요리를 도진에게 내밀었지만.

"이게 다 익은 걸로 보여요? 다시."

접시는 또다시 쓰레기통에 처박혔다.

그 이후로도 도진의 '다시.'는 멈출 줄 몰랐다.

김명호는 몇 번이고 그의 지시에 따라 다시 요리를 만들었다.

하지만 도진이 완성된 요리를 입에 대는 일은 끝끝내 없었다.

'메뉴 맛을 보고 싶다고 그런 사람이 요리는 입에도 안 대는 게 말이 되는 일이야?'

김명호가 느끼기에 도진의 행동은 그저 행패에 불과했다.

결국 머리끝까지 화가 차오른 김명호는 *패스(*pass : 플레이
팅을 마친 접시가 홀 서버에게 전달되는 평평한 공간) 위에 앞치마를 풀
어헤치곤 성큼성큼 걸어가 도진의 앞에 섰다.

　"맛 좀 보겠다고 만들라 해 놓고 왜 자꾸 음식을 버립니
까. 여기가 무슨 파인다이닝이라도 돼요?"

　"내가 다시 만들어 오라고 했을 텐데."

　"그래서 다시 만들어 왔잖습니까!"

　화를 주체하지 못하고 언성을 높이며 말하는 김명호의 목
소리는 흡사 사나운 짐승이 으르렁대는 소리처럼 들렸다.

　그에 도진이 잠시 김명호를 빤히 바라보았다.

　"수 셰프는 내가 다시 만들어 오라고 한 게, 그냥 장난 같
아요?"

　"그럼 이게 장난이 아니면 뭡니까? 사람 의도적으로 골리
려는 것도 정도가 있지."

　김명호는 끝내 참지 못하고 도진을 향해 말했다.

　"그렇게 잘나셨으면 직접 해 보시든가."

　분을 이기지 못한 채 말하는 그의 얼굴은 잔뜩 일그러져
조금만 건드리면 터져 버릴 것 같았으나, 도진은 오히려 그
말만을 기다린 사람처럼 곧장 대답했다.

　"좋습니다. 내일은 다들 열두 시까지 출근하세요."

　잔뜩 열이 오른 김명호가 전혀 두렵지 않다는 듯 도진의
눈은 올곧게 그를 바라보고 있었다.

도진은 모두 퇴근해 혼자 남은 홀에서 주방을 바라보았다.

'오랜만에 성질을 드러냈더니 좀 지치네.'

김명호의 반응은 다행히 도진의 예상을 한 치도 벗어나지 않았다.

발끈하며 자신에게 대놓고 화를 내는 그의 모습은 실로 만족스러웠다.

도진이 바라던 반응 그대로였기 때문이다.

서수림의 장난질이야 석 달 정도만 반응해 주지 않고 제할 일을 하면 금세 지쳐 떨어져 나갈 것이 분명했지만, 지금 도진에게는 시간이 없었다.

아틀리에는 시즌제로 운영했기에, 하루하루를 그냥 허투루 보낼 수 없었다.

최대한 빠르게 적응하고 메뉴 개발에 신경을 쓰기 위해 방도를 찾아야만 했다.

'헤드 셰프'로서의 권위를 찾기 위해 선택한 방법.

그가 택한 것은 다름 아닌 의도적인 마찰을 일으키는 것이었다.

직원들 사이에서 도진을 무시하는 분위기를 조장해 은근한 따돌림을 시키는 서수림이나, 그에 동조하는 직원들.

그리고 그런 행동들을 묵인하는 김명호까지.

한 번에 모두에게 자신의 직위를 각인시키기 위해 가장 확실한 방법을 선택한 것이었다.

'그들이 상사로서 인정한 김명호가, 자신들이 얕잡아 본 나에게 고개를 숙이는 것.'

결론적으로 김명호와의 충돌은 불가피하다는 말이었다.

그래서 일부러 더 도발해서 그의 화를 부추겼고, 결국 듣고 싶은 말을 하게 만들었다.

'하지만 틀린 말을 지어낸 것도 아닌데 뭐.'

실제로 김명호는 아직 '수 셰프'로서의 능력이 부족해 보였다.

비스트로에 대한 이해도가 부족해 보였는데도, 파인다이닝에 비해 비스트로를 낮잡아 보는 경향이 플레이팅에서 드러났다.

도진의 '다시.'에 김명호는 정말 다시 만들어왔을 뿐.

왜 '다시' 만들어 오라고 했는지 전혀 이해하지 못한 듯했다.

처음부터 잘할 수는 있는 것은 없다고 하지만, 그렇다고 그걸 용인해 줄 수 있는 곳이 아니었다.

돈을 받고 음식을 판매하는 곳이다.

그렇기에 같은 값을 치른 손님에게 모두 동일한 질의 음식을 제공해야만 한다는 것이 도진이 가진 생각이었다.

심지어 이곳은 최석현이 오픈한 '아틀리에'였다.

비록 파인다이닝은 아니었지만…….

분명 최석현의 명성으로 인해 그만큼의 퀄리티를 기대하고 오는 이들이 많을 것이다.

　도진은 자신이 할 수 있는 한 최선의, 최고의 요리로 그들을 대접하고 싶었다.

　'원래 이렇게까지 할 생각은 아니었는데 말이지.'

　'아틀리에'의 객원 셰프로 오게 된 것은 단순히 경력 한 줄을 더 채우기 위해서였다.

　적당히 사람들이 좋아할 만한 음식을 내놓고, 몇 개월의 경력을 내세워 파인다이닝의 셰프로 갈 수 있는 길을 찾을 생각이었다.

　하지만, 최석과의 대화를 통해 이 공간이 자신을 통해서 어떻게 바뀔 수 있을지 궁금해졌다.

　'아틀리에'를 처음 본 순간 도진이 느낀 것은 '하얗다'였을 만큼 이곳은 정말 순백의 공간이었다.

　예를 들자면…….

　'그래, 마치 아무것도 그려지지 않은 도화지 같았지.'

　그 안에는 녹음의 푸르른 생기가 가득한 나무 화분들과 테이블을 비추는 주광색 조명, 큰 창 사이로 비추는 햇살이 하나의 물감이 되어 도화지를 바탕을 채우고 있었다.

　누가 봐도 신경을 쓴 게 티가 나는 인테리어였다.

　신기했다.

　'왜 이렇게까지 한 거지?'

아틀리에로 출근한 첫날, 도진은 최석현에게 왜 이렇게 관리하기 힘들게 가게를 하얀색으로 만들었는지 물어봤다.

그러자 최석현이 머쓱하게 대답했다.

—시즌제로 운영하며 객원 셰프들을 통해 다양한 음식을 선보이자고 마음먹었을 때, 이 아틀리에가 하얀 바탕의 도화지가 되어서 셰프들의 요리에 따라 하나의 다른 작품이 되었으면 좋겠다고 생각했습니다. 다른 시즌에 방문하게 되면 또 다른 가게에 온 거 같은 느낌에 다시 방문하고 싶어지도록 말입니다.

최석현은 아틀리에의 색을 빼는 것으로 오롯이 셰프들의 요리에만 집중할 수 있게 만든 것이다.

그의 설명을 들은 도진은 순식간에 이 공간에 빠져들게 되었고, 비로소 '아틀리에'의 진정한 모습을 보게 된 것 같은 기분이었다.

도진은 자리에서 일어나 주방에 들어가기 직전, 텅 빈 홀을 보며 지그시 눈을 감았다.

달그락거리는 식기구의 소리와 손님들이 대화를 나누는 적당한 소음이 귓가에 울리는 듯했다.

새하얀 테이블에 올라간 향이 적은 화병 하나와 여러 가지 메뉴들이 그 위를 채워 색감을 불어넣었고, 식사하며 얼굴을 맞댄 손님들의 즐거운 표정이 눈앞에 선하게 그려졌다.

최석현이 그렸던 '아틀리에'가 마치 제 눈앞에 펼쳐진 듯했다.

이곳이 도진의 불어넣은 색감으로 그려지는 순간이 기다려졌다.

그러기 위해서는 주방 직원들과의 협업은 필수였다.

다소 직관적인 방법이었지만, 확실하게 도진의 지위를 각인시키기 위해서는…….

자신이 왜 이 자리에 앉을 수 있었는지를 보여 주면 될 일이었다.

메뉴를 익히고 자신만의 방식으로 만들기 위해 도진은 비어 있는 주방으로 향했다.

막내 직원인 정상엽을 제외한 모두가 자신에게 적이나 마찬가지였으니, 누군가의 도움을 바랄 수는 없었다.

하지만 혼자서라도 내뱉은 말에 책임져야 할 시간이었다.

"자, 그럼 시작해 볼까."

혼자서 모든 요리를 내기 위해서는 해야 할 일이 많았다.

아틀리에의 주방 막내, 정상엽은 요리를 시작한 지 이제 겨우 1년 차가 된 풋내기에 불과했지만 '아틀리에'에서 가장 오랜 시간을 보내는 이라고 봐도 무방했다.

그는 언제나 가장 먼저 출근해서 가장 늦게 퇴근했다.

그런 정상엽을 보며 주변의 모든 이들이 도대체 어떻게 그런 삶을 살 수 있냐고 물었지만, 그 모든 것은 요리를 향한 열정과 애정을 기반으로 하고 있었기 때문에 전혀 힘들지 않았다.

심지어 '아틀리에'의 경우 처음으로 오픈 준비부터 시작해 점점 더 매장다워지는 모습을 두 눈으로 지켜본 곳이었기에 그 애정은 더욱 각별했다.

게다가.

많은 이들이 망할 것이라고 지레짐작하던 아틀리에는 생각보다 더 다양한 사람들의 관심과 각광을 받으며 성공적으로 첫 시즌을 마무리했다.

"마지막 디시 나가던 날 진짜 뿌듯했는데."

첫 시즌의 마지막 영업날을 떠올리던 그는 도대체 어쩌다 이렇게 된 것인지 영문을 알 수 없었다.

"헤드 셰프, 김도진입니다."

갑작스럽게 온 객원 셰프의 존재는 모두를 놀라게 했지만 가장 놀라웠던 것은 다름 아닌 그의 나이였다.

열아홉 살.

그 사실은 직원들 사이에서 파문을 일으켰다.

그렇게 시작된 김도진을 향한 교묘한 따돌림은 도무지 정상엽으로서는 이해할 수 없는 일이었다.

주방에서 김도진은 '헤드 셰프'였지 '열아홉 살'이 아니었기 때문이다.

'아무튼 그냥 당하고만 있는 분이 아니라서 다행이라고 해야 하려나.'

걱정스러운 마음에 건넨 말에 따돌림이 '유치하다'라며 말한 그는 정상엽의 생각보다 더 대단한 성격이었다.

"그렇게 잘나셨으면 직접 해 보시든가."

"좋습니다. 내일은 다들 열두 시까지 출근하세요."

보란 듯이 수 셰프를 도발한 김도진은 발끈한 수 셰프의 발언에 그 순간만을 기다린 듯이 대답했다.

모두의 출근 시간마저 늦춰 가며 말했다는 것은 사실상 아무의 도움도 받지 않겠다는 뜻이었다.

정상엽은 그의 패기가 대단하다고 생각했다.

하지만.

'호기롭기는 한데…….'

도대체 그 많은 메뉴를 어떻게 혼자 해낸다는 말인가.

재료 준비만으로도 한세월일 게 분명했다.

'나라도 좀 일찍 가서 도와드려야지.'

그런 생각으로 오늘도 어김없이 도진이 말했던 출근 시간보다 한참 이른 시간에 '아틀리에'에 도착했다.

그리고 눈앞에 펼쳐진 광경에 입을 다물 수 없었다.

"이거, 셰프가 다 만든 거예요?"

-좋습니다. 내일은 다들 열두 시까지 출근하도록 하세요.

도진은 어제 자신이 한 발언에 대해 조금 후회했다.

수 셰프인 김명호와 정면으로 맞선 것에 대한 후회는 아니었다.

그저…….

"맛이라도 봐줄 사람이 있었으면 좋았을 텐데."

패스 위에는 밤사이 도진이 한 시도 쉬지 않고 고민을 거듭한 결과물이 담긴 접시들이 한가득 늘어져 있었다.

모두 첫 시즌에 판매되었던 메뉴들을 재현하기 위해 여러 가지 버전으로 만들어 본 음식들이었다.

'직접 해 보든가'라는 김명호의 발언에 도진 혼자 하겠다고 나선 것은 사실 모두 자신이 있었기 때문이다.

김명호의 오더에 따라 음식을 만드는 모습을 이미 한 차례 지켜보았다.

게다가 메뉴판에 나와 있는 설명, 그리고 인터넷에 올라와 있는 몇 장의 사진들이면 어느 정도는 재현해 낼 수 있었다.

하지만 도진은 전혀 대충할 생각이 없었다.

그렇기에 그 맛을 알고 있고, 지금 이 요리의 맛을 봐줄 이의 부재에 대해 아쉬움을 느낄 수밖에 없었다.

그런 찰나.

"이거, 셰프님이 다 만든 거예요? 재료 정리도?"

가게의 문이 열리는 소리가 들리고 이내 눈앞에 나타난 것은 다름 아닌 막내, 정상엽이었다.

"어, 상엽 씨? 벌써 열두 시예요?"

도진은 너무 집중한 나머지 시간이 가는 줄 모르고 있었던 듯 놀라며 급히 시계를 확인했다.

–08 : 25

열두 시가 되려면 서너 시간은 남아 있었다.

"아, 아직 시간 있구나. 왜 이렇게 일찍 나왔어요?"

"셰프님 혼자 준비하시려면 바쁘실 것 같아서 도와드리려고 왔는데……."

정상엽이 주방을 둘러보더니 말을 이었다.

"제 손은 필요 없으시겠는데요."

그도 그럴 것이.

들어오면서 이미 모두 확인했기 때문이다.

'출근부터 이상했어.'

보통 직원들은 하역장 쪽의 뒷문으로 출근하는 것이 일반적이었는데, 평소라면 가득 쌓여 있어야 할 재료들이 없었다.

정상엽은 수 셰프가 발주를 넣는 걸 잊은 건가 하는 시답잖은 생각을 하면서 라커룸으로 들어가 옷을 갈아입고 나왔다.

그러고는 혹시나 하는 마음에 창고를 확인해 보니…….

'오늘 물류가 들어온 게 맞는데?'

조심스럽게 주방으로 향한 정상엽은 패스에서 한껏 집중한 채 플레이팅을 하고 있는 도진의 모습을 찾을 수 있었다.

반가운 마음에 '셰프님!' 하고 불렀지만, 어찌나 집중한 것인지 그는 들은 체도 하지 않았다.

그 모습에 괜히 집중을 깨고 싶지 않아 조심스럽게 *프랩 (*Prep : 퀄리티를 유지하는 선에서 음식이 빨리 서비스될 수 있게 미리 해 두는 작업) 구역으로 가서 간단한 재료 손질들을 하려고 했다.

그런데 이게 웬걸.

프랩 리스트는 이미 모두 완료되어 있었다.

믿을 수 없는 광경에 놀란 정상엽이 도진을 바라보았다.

'심상치 않은 건 알고 있었는데 이 정도라고?'

주방에서 패스까지 가는 동안 둘러본 다른 구역들은 사용했는지조차 의심이 들 정도로 깨끗했다.

미리 끓여 둔 육수 솥과 사용을 위해 올려 둔 팬이 아니었다면 전날 청소 후 아무도 건드리지 않은 상태라고 해도 믿을 정도였다.

그릇이 널브러져 있는 패스 공간도 많은 음식들이 올라와 있어 정신이 좀 없을 뿐이지 플레이팅을 위한 재료들이 가지런히 각을 잡은 채 정리되어 있었다.

그 모습에 정상엽은 머뭇거리다 도저히 못 참겠다는 듯 도진에게 물었다.

"그, 셰프 혹시…… 혹시 결벽증이나 뭐, 이런 거 있어요?"

"아닙니다. 원래 다들 이 정도 컨디션으로 주방 사용하지 않나요?"

도진이 이해할 수 없다는 표정으로 정상엽을 바라보자 그가 고개를 저으며 말했다.

"아무것도 아니에요. 그나저나 정말 뭐 도와드릴 거 없어요?"

"아무것도 없습니다."

"저 그러면 홀 청소라도 하고 있을게요."

도진의 말에 정상엽이 질린다는 표정으로 그를 지나쳐 홀로 향했다.

그때, 도진이 문득 생각났다는 듯 정상엽을 붙잡았다.

"혹시 이따 서버 역할 좀 해 줄 수 있어요? 음식 나오면 가져다주기만 하면 됩니다."

김명호는 전날 도진에게 '네가 해 보든가'라는 하극상의 발언을 내뱉은 뒤.

'어디 해 볼 수 있으면 해 보라지.'

그런 심정으로 출근했다.

맛보고 싶다고 해서 만든 음식들을 한 입도 대지 않고 쓰레기통에 처박은 도진의 행동이 도를 넘었다고 생각했기에 자신의 행동이 정당하다고 믿었다.

그런데 도진의 행동이 묘하게 당당했다.

주방 식구들에게 열두 시까지 오라며 출근 시간까지 조정하는 도진의 모습에 헛웃음이 나올 지경이었다.

'아무에게도 도움 받지 않고 그걸 다 혼자 만들어 낸다고?'

필드 경력 하나 없는 애송이인 주제에 도대체 어디서 나오는 자신감인지 알 수 없었다.

말도 안 되는 일이었다.

도진이 말한 12시에 맞춰 출근한 김명호는 분명 지금쯤이면 도진이 분명 자신이 한 말에 대해 후회하며 엉엉 울고 있을지도 모른다고 생각했다.

하지만.

도착한 '아틀리에'에서는 익숙한 맛있는 냄새가 나고 있었다.

뒷문에서부터 프랩까지 가기 위해서는 주방의 모든 구역을 순서대로 지나쳐야만 했기에 김명호는 당연히 어지럽게 정리되지 않은 주방을 상상하며 들어왔지만.

워크인 냉동고를 시작으로 숙성고와 워크인 박스, 건조식품 저장고와 프랩 구역, 그리고 그릴 파트와 콜드 사이드, 수프 등이 나가는 곳까지.

모두 시즌이 끝나기 전 정상 영업을 하던 그때와 다를 바 없이 준비되어 있었다.

아니, 그뿐이 아니었다.

하역장 뒷문에서부터 주방과 홀이 가장 가까운 패스까지 다다른 김명호는 자신의 걸음에 불필요한 동선이 하나도 없었던 것을 깨달았다.

주방의 구조가 묘하게 바뀐 것을 눈치챈 것이다.

"이게 무슨…….."

홀과 가장 가까운 패스에서 주방을 바라보며 놀란 마음을 가라앉히기를 잠시.

김명호의 뒤에서 목소리가 들려왔다.

"왔으면 가서 앉으세요. 다들 기다리고 있으니까."

도진이었다.

그는 어제 출근한 이후부터 이곳에 있었던 것인지 전날과는 전혀 바뀌지 않은 모습이었다.

조금 달라진 게 있다면 고된 밤샘으로 눈 밑이 조금 퀭해졌다는 것.

"프랩이랑 콜드 사이드 구역이 바뀐 것 같은데, 당신이 한 겁니까?"

천재셰프
회귀하다

"네, 동선이 좀 안 맞더라고요."

당당하게 주방의 위치를 바꿨다며 말하는 도진의 모습에 어이가 없었지만, 그 이상 할 수 있는 말이 없었다.

그도 그럴 것이, 도진이 바꾼 주방 동선이 더욱더 효율적이었기 때문이다.

김명호는 다시금 믿을 수 없다는 눈치로 말을 덧붙였다.

"혹시, 혼자 다 준비한 겁니까?"

"네, 혼자 했습니다만. 안 가세요?"

김명호는 믿을 수 없는 눈으로 도진을 바라보았지만, 그의 채근하는 눈빛에 떠밀려 홀로 향할 수밖에 없었다.

"수 셰프! 여기요!"

"이리로 앉으세요."

홀에는 이미 모두가 기다리고 있었다.

다들 도착하자마자 등을 떠밀려 자리에 앉은 듯 옷도 채 갈아입지 않은, 마치 정말 손님 같은 모습이었다.

"너네 그러고 있으니까 진짜 밥 먹으러 온 사람 같다."

김명호의 우스갯소리에 다른 이들이 머쓱한 미소를 지었다.

"그러니까요. 심지어 우리 가게에서 이러고 있으니까 더 적응 안 되는 것 같아요."

"맞아, 뭔가 느낌이 이상해."

직원들과 대수롭지 않은 잡담을 나누던 중, 누군가 대화의 화두를 던졌다.

"아, 근데 수 셰프도 봤어요? 다 정리해 놓은 거?"

"어어, 뭐 대충."

"와 나, 나는 봤어. 너무 깨끗해서 발주 넣었던 거 어디 다 가져다 버렸나 했는데, 진짜 워크인 냉장고에 말도 안 되게 깔끔하게 정리해 놓은 거 있죠?"

"심지어는 주방 동선까지 정리해 놓은 것 같던데……."

모두가 눈동자를 굴려 서로의 눈치를 보기 바빴다.

정리 정돈이라는 덕목은 일상에서는 과소평가 될 수 있지만 주방에서만큼은 요리 실력만큼이나 중요한 점이었다.

실제로 미슐랭 출신 스타 셰프들이나 여러 요리사들이 같이 일하는 상대의 실력을 빠르게 파악할 수 있는 개인의 역량 중 하나로 꼽을 정도였으니, 말 다 했다고 볼 수 있었다.

그런데 필드에 서 본 적도 없는 풋내기 헤드 셰프가 수상할 정도로 정리를 잘했다.

말은 하지 않았지만, 김명호뿐 아니라 모두가 같은 생각을 하는 중인 듯했다.

'무언가 잘못 건드렸을지도 모른다!'

모두가 선불리 말을 꺼내지 못해 정적이 길어지고 있을 때쯤.

김명호가 뭔가 위화감을 느끼고 입을 열었다.

"애들아, 우리 막내 어디 갔어?"

"어, 그러게요. 항상 일찍 와서 한참 전부터 일하고 있던 애가 왜 아직도 안 왔지?"

"무슨 일 있는 거 아니야? 전화 한번 해 봐."

김명호의 말에 서수림이 놀라 핸드폰을 들고 정상엽의 번호로 전화를 걸었고…….

이내 멀지 않은 곳에서 익숙한 목소리가 들려왔다.

"아, 수림이 형! 저 여기 있습니다!"

물기가 묻은 손을 털며 그들에게 다가오는 정상엽은 조리복을 갈아입은 채 완벽하게 일할 준비를 마친 것처럼 보였다.

"뭐야, 너 복장이 왜 그래. 오늘 몇 시에 나왔어."

"저 오늘 여덟 시 반쯤 나왔는데, 와서 놀기만 했어요."

정상엽이 머쓱한 표정을 지으며 대답했다.

"아, 진짜, 거짓말. 너 와서 재료 정리하는 거 도왔지."

"진짜 거짓말 아니에요. 도울 수 있는 게 있어야 돕죠!"

하지만 서수림이 믿을 수 없다는 눈초리로 되묻자 정상엽은 한껏 억울한 표정을 하며 말을 이었다.

"홀 청소 좀 하고 진짜 놀기만 하다가, 이따 음식 나오는 거 서비스 좀 봐줄 수 있냐고 하셔서 손 씻고 오는 길이라니까요."

그렇게 말한 정상엽은 '셰프님이 바로 오라고 하셨어요. 가 볼게요.'라며 주방으로 들어갔다.

그리고 이내.

몇 분이 지나지 않아 첫 번째 메뉴가 나왔다.

위에 얹어진 치즈를 오븐에서 노릇하고 맛있게 구워 낸 양파 수프로, 지난 시즌의 인기 메뉴 중 하나였고……

자신들이 만들어 냈던 그것과 똑같았다.

김명호는 잇따라 나오는 메뉴들에 놀랄 수밖에 없었다.

어찌 된 영문인지 도저히 알 수가 없었다.

슬쩍 둘러본 다른 이들도 놀라기는 마찬가지인 듯했다.

양파 스프를 포함해 순식간에 전채요리 세 개가 나왔다.

백번 양보해서 첫 양파 수프를 시작으로, 수프를 입에 대기도 전에 나온 두 개의 전채요리 메뉴의 경우, 준비만 잘해 두면 일찍이 나올 수 있었다.

하지만 그 뒤.

고작 10분쯤 지났을까.

"버섯 크림 파스타랑 가지 라자냐 나왔습니다!"

순식간에 식사 메뉴 두 가지가 나왔다.

'이렇게 완벽한 플레이팅에, 이런 속도로 음식이 나오는 게 가능해?'

김명호는 당황스러운 마음에 자신을 다독이기 시작했다.

'그래, 생긴 거야 비슷하게 만들 수 있지.'

맛은 분명 엉망진창이리라 생각하며 드디어 수저들 들었다.

천재셰프
회귀하다

그리고 한입.

또 한입.

김명호는 테이블에 올라와 있는 다섯 개의 접시를 쉬지 않고 모두 연달아 맛본 뒤 조심스럽게 수저를 내려놓았다.

그러고는 자리에서 일어나 곧장 주방으로 향했다.

믿을 수 없었기 때문이다.

'최 셰프님이 와 계신 게 분명해. 그게 아니고서야⋯⋯.'

그렇게 생각하며 들어선 주방에는 도진만이 홀로 종횡무진 움직이며 쉴 틈 없이 요리를 이어 나가고 있었다.

김명호는 말도 안 되는 광경에 놀라 쉬이 입을 열지 못한 채 넋을 놓고 도진을 바라만 보았다.

그런 김명호의 존재를 눈치챈 도진이 그에게 말했다.

"거기서 뭐 합니까? 손님은 주방에 들어오면 안 되는 거 몰라요?"

지금 김명호는, 도진의 주방에서 완벽한 객(客)이었다.

다음 권으로 이어집니다

꿈의 도약, 로크에서 하십시오
(주)로크미디어에서 신인 작가를 모십니다

즐거운 세상, 로크미디어는 꿈을 사랑하고 도전을 두려워하지 않는 작가 분들의 참신한 작품을 기다리고 있습니다. 21세기 장르 문학계를 이끌어 갈 차세대 선두 주자 (주)로크미디어에서 여러분의 나래를 활짝 펴 보시길 바랍니다.

모집 분야 판타지와 무협을 포함한 장르 문학
모집 대상 아마추어 작가, 인터넷 작가
모집 기한 수시 모집
작품 접수 시 유의 사항

　　1. 파일명은 작가명_작품명.hwp형식을 갖춰 주십시오.
　　1. 파일에 들어갈 내용은 다음과 같습니다.
　　　－ 성명(필명인 경우 실명을 밝혀 주세요), 연락처, 이메일 주소
　　　－ 제목, 기획 의도
　　　－ A4용지 1장 분량의 등장인물 소개
　　　－ A4용지 2장 분량의 전체 줄거리
　　　－ 본문
　　1. 작품이 인터넷에 연재되고 있다면, 게시판명과 사이트의 구체적이고 정확한 주소를 기재해 주십시오.

선택된 작품은 정식 계약 후 출판물로 간행되어 전국 서점에 유통됩니다.
작가 분은 (주)로크미디어의 전폭적인 지원하에 전속 작가로 활동하시게 됩니다.
※ 자세한 내용은 로크미디어 홈페이지(rokmedia.com)를 참조하세요.

(04167)서울시 마포구 마포대로 45 일진빌딩 6층
(주)로크미디어 편집부 신간 기획 담당자 앞
전화 : 02) 3273 - 5135
www.rokmedia.com　　이메일 : rokmedia@empas.com